SOUS LE CIEL QUI BRÛLE

Hoai Huong Nguyen est née en 1976 en France de parents vietnamiens. De langue maternelle vietnamienne, elle a appris le français en allant à l'école. Détentrice d'un doctorat de lettres modernes, elle a déjà publié deux recueils de poésie : *Parfums* et *Déserts*. Elle enseigne actuellement la communication dans un IUT. *L'Ombre douce*, son premier roman, a été salué par le prix Marguerite-Audoux, le prix Première-RTBF, le prix du Salon du livre de Genève, le prix Lire Élire-Bibliothèques pour tous Nord Flandre, le Prix littéraire Asie de l'Adelf et le Prix du premier roman de Sablet.

Paru au Livre de Poche :

L'OMBRE DOUCE

HOAI HUONG NGUYEN

Sous le ciel qui brûle

VIVIANE HAMY

ISBN : 978-2-253-07346-8 – 1re publication LGF

Déjà les beaux jours, la poussière,
Un ciel d'azur et de lumière,
Les murs enflammés, les longs soirs

Gérard de Nerval

Le disque de la lune, qui l'a partagé en deux ?
Une moitié s'imprime sur l'oreiller solitaire,
L'autre moitié éclaire la route interminable.

Nguyen Du

Sur le ruisseau perdu,
la dentelle
des lentilles d'eau
et de la lumière

Des vagues d'orties
au bord du ciel d' ombres

Entre les buissons de mûriers,
l'armée grac i l e des boutons d'or

Sous le vent,
est-ce la voix claire
de la menthe
et des roseaux
violets

?

I

Mars 1975

Forêt de Chantilly, route de Sylvie

Tuân avait un léger voile dans la voix, pareil à une brume paisible posée sur la rivière. Quand il parlait, on entendait une sorte de fêlure, un accent à peine perceptible venu d'ailleurs. Il était parfois trahi par une note dissonante, quand le flux des mots avait été un peu lent ou bien trop rapide. Le pire était lorsque le temps se dérobait, que dans une phrase l'imparfait prenait la place du présent, insolite discordance. On disait pourtant qu'il parlait un français parfait – enfin presque – et dans ce presque se logeait toute l'admiration incrédule qu'on avait pour un étranger qui parlait cette langue avec tant d'élégance.

Sans connaître son visage, on se serait plu en écoutant sa voix à l'imaginer sous les traits d'un vieux sage à lunettes, ou plus amusant, ceux d'un sorcier vêtu d'une tunique bigarrée – de quelle contrée exotique, on ne l'aurait su – enveloppé d'une odeur de cendres et de poulet sacrifié. Mais Tuân n'avait ni plume ni sang sur les mains. Il portait un habit occidental sous son manteau de laine. Jamais il n'avait pu s'habituer à la froide humidité de ce pays. Cependant, pour rien au monde il n'aurait manqué les premières jonquilles de la forêt.

Comme lors de chacune de ses promenades, Tuân espérait encore rencontrer une jeune fille du passé, un fantôme gracieux et solitaire. Il s'imaginait voir une silhouette se lever sur le bord de l'allée. Elle aurait les cheveux noirs, le teint rose, le regard violet ; elle marcherait vers lui, qui l'avait recherchée toute sa vie, et serait venue lui dire enfin ce qu'il devait faire ou bien de l'emmener avec elle… Tout aurait été si simple, mais ses désirs, son imagination se jouaient de lui avec ironie.

D'un geste de la main, il effleura une branche de hêtre et il en sentit la douceur dans la pureté de l'air. Il était toujours ébloui par cette énergie secrète, cette vigueur indicible et ardente. Les brindilles luisaient à la manière d'une laque ornée de nacre ; leur couleur délicate fit revenir à son esprit la maison de son grand-père. C'était il y a si longtemps qu'il n'en gardait qu'une image incertaine, un rêve infusé dans les eaux noires de l'oubli. Pourtant, à mesure que refluaient ses souvenirs, le passé renaissait en lui aussi clair que le jour.

II

La famille de Tuân habitait non loin de Huê, dans la région des Tombes impériales, que l'on disait autrefois habitée par les esprits célestes. Son grand-père avait construit sa maison dans le hameau de Shui, sur un large terrain au bord d'une rizière. Lorsque ses enfants étaient devenus grands, ils y avaient bâti leur maison à côté de la sienne, de sorte que cette entreprise finit par donner un lot de paillotes hétéroclites au milieu d'un jardin verdoyant. Il y poussait toutes sortes de plantes ; lorsque Tuân était petit et qu'il s'y promenait, les belles-de-nuit, les roses et les pivoines formaient à ses yeux une forêt colorée.

Le grand-père avait aménagé un verger où l'on trouvait de nombreux arbres fruitiers. Un plaqueminier centenaire y tenait une place singulière. Haut de vingt mètres, il avait un énorme tronc entrelacé d'orchidées blanches ; à l'automne, son feuillage devenait écarlate et se chargeait de fruits sucrés. Dans le pays, on le disait habité par les esprits errants. Chaque nuit, il semblait s'animer, ses branches craquaient et murmuraient sous le vent. On le redoutait et on jalousait la famille de Tuân de l'avoir sur ses terres, car on disait que les gens de cette maison avaient réussi à apprivoiser les morts. Le grand-père leur avait construit un autel de pierre ; sa femme et lui leur consacraient des offrandes au début de chaque mois, en brûlant de l'encens jusqu'à minuit. Ils ne manquaient jamais d'inviter les esprits à un repas de fête pour la nouvelle année. De sorte qu'à la mousson leurs champs étaient parmi les seuls à échapper aux inondations et que, bon an mal an, leurs récoltes faisaient partie des plus abondantes de la région. On enviait cette famille, mais on n'osait lui montrer d'hostilité. On cherchait plutôt à s'attirer son amitié et éventuellement des alliances si la chance s'y prêtait.

Les grands-parents de Tuân avaient eu deux fils et trois filles. Les garçons, Hiêu et Hai, étaient devenus des paysans, suivant les traces de leur père ; ils s'étaient mariés avec des jeunes filles du voisinage, Lan et Hông, et vivaient en paisibles ménages. Leurs sœurs avaient eu moins de chance. L'aînée, Phuong, avait épousé un négociant de thé qui l'avait quittée, en lui laissant élever seule leur fils. Le mari de la benjamine, Anh, devait aussi l'abandonner en d'autres circonstances. Thu, la mère de Tuân, fut la seule des trois à faire un mariage heureux. Elle avait épousé Duc, un voisin qui venait travailler dans les rizières familiales. C'était un garçon doué pour les études qui aurait pu obtenir une bourse pour aller à l'université.

Cependant, il avait préféré rester dans son village et travailler pour son beau-père afin de ne pas s'éloigner de Thu ; après leur mariage, ils s'étaient installés chez elle en attendant d'avoir leur propre maison.

Tuân était né un an après. Sa mère ayant accouché prématurément, on avait craint pour la vie du bébé ; c'était peut-être la raison pour laquelle le grand-père s'était pris d'une passion immodérée pour cet être fragile. On voulut l'en tenir éloigné afin de lui épargner de la fatigue. C'était à une époque où il était déjà âgé et souffrant. Mais il recherchait toujours le petit pour le faire jouer. Il tenait à le porter alors qu'il marchait déjà. Il lui donnait des morceaux de longane ou de mangue ; il répétait à qui voulait l'entendre qu'il n'avait jamais vu de si jolies mains que celles de son petit-fils, lorsqu'il les posait à plat sur les siennes. L'enfant lui avait donné un nouveau goût à la vie. Il rayonnait lorsqu'il le prenait par la main pour l'emmener voir le premier camélia de la saison ou une nichée de mésanges sur un coin de toiture.

Tuân adora toute sa vie ce grand-père qu'il associait obscurément au plaqueminier du jardin, car il en avait l'aspect vénérable et secret. Lorsque le vieil homme se tenait debout à regarder la lumière déclinante sur le riz mûr, Tuân n'aurait pas été surpris de voir ses bras s'allonger en branches vers le ciel et ses jambes plonger leurs racines dans la terre. Il y aurait eu dans cette métamorphose une simple continuité naturelle, un accomplissement des desseins célestes. Le grand-père serait devenu un jeune arbre, cerisier ou flamboyant, près du vieil arbre à kakis ; Tuân serait venu leur porter des offrandes chaque mois, et, plutôt que de pleurer sa disparition, il aurait été heureux de le voir donner abri aux aigrettes de passage.

Tuân considéra toujours le plaqueminier avec une piété mêlée de tendresse. Il avait pris l'habitude d'aller le saluer tous les matins ; et chaque soir, avant de s'endormir, il n'oubliait pas de lui adresser une prière. Le vieil arbre était pour lui un mystère inscrit dans une forme familière, une divinité ayant délaissé les nuages pour venir habiter le jardin des hommes. Des légendes racontaient que les génies prenaient parfois les traits de mendiants pour mettre à l'épreuve les êtres humains. Ils venaient dans une maison, vêtus de haillons et affamés. Si on les renvoyait, ils dénonçaient au ciel ce manque de cœur et les coupables étaient punis.

En revanche, si une famille les accueillait avec générosité, elle en était récompensée : une fleur apparaissait au jardin pour donner à la petite fille à naître une grande beauté, un rossignol y faisait son nid pour préserver les enfants de la maladie, ou les dieux envoyaient un esprit s'incarner dans un arbre pour protéger la maisonnée : on parlait de banians habités depuis plusieurs générations. C'était ce qui avait dû arriver pour le plaqueminier, même si on en avait perdu le souvenir : il ne doutait pas de sa protection, il savait qu'elle ne l'abandonnerait pas.

Tuân sortit de ses pensées ; il n'était plus un enfant en Annam, mais un homme usé sur un sentier de la forêt de Chantilly. Pourtant, il n'était pas encore vieux ; une vingtaine d'années le séparaient encore de l'âge qu'avait son grand-père lorsqu'il l'emmenait jouer dans le jardin. Il regarda ses doigts engourdis par le froid : ses mains se couvriraient des rides qu'il avait souvent observées sur celles de l'aïeul, si faibles et douces dans les derniers temps. Si elles devenaient un jour semblables aux siennes, il aurait l'impression de retourner vers son enfance pour y jouer un autre rôle que le sien – celui, plus triste, qu'avait abandonné le vieil homme tant aimé.

Après tout ce temps perdu, à quoi avait-il occupé sa vie ? Il avait poursuivi quelque chose qu'il ne savait ni saisir ni comprendre. Tout avait commencé sur les bancs de l'école, dans ces livres aux pages fraîches, à l'encre odorante. Le papier était si acéré qu'il lui arrivait de s'y couper les doigts ; un jour, des traces de sang avaient taché une feuille : le rouge lui avait fait au regard une blessure ineffaçable. Le temps déroulait son fil inexorable et ses questions cruelles – continuons la promenade. Quand on songeait à la chaleur humide du Vietnam, le climat d'ici n'était pas si pénible – ce matin, se disait-il, j'ai tout mon temps.

III

Forêt de Chantilly, chemin des Fontaines

C'était un dimanche ordinaire. Tuân ne voulait pas penser à la bibliothèque et à ses vaines recherches. Il chassa les idées sombres qui lui emplissaient le crâne. Il allait aux jonquilles, et il ne songerait qu'à elles. Il était ravi du temps maussade et des nuages menaçants : il n'y aurait pas grand monde pour s'aventurer en forêt. Tuân avait fait la connaissance du Valois dans les pages des *Filles du feu* lorsqu'il avait découvert Gérard de Nerval, à l'adolescence. Il avait été émerveillé par ce pays qui vit naître Sylvie et Angélique de Longueval et fut le théâtre de tant de passions. Il avait aussi été pris par le charme des *Poésies,* et se plaisait à se réciter « *Dans les bois* » ou « *Fantaisie* », qui faisaient surgir d'un chant d'oiseau ou d'un vitrail la plus pure beauté.

Lorsqu'il dut déposer un sujet de mémoire à l'université, le choix de Nerval s'imposa de lui-même ; c'était la raison pour laquelle il s'était installé dans l'Oise à son arrivée en France. Par la suite, il y avait passé des journées entières à arpenter la campagne, depuis les rives de la Nonette, à Chantilly, jusqu'à la vallée de l'Automne, où s'élevait le donjon de Vez. Il en aimait le visage en toute saison : les prunus en fleur aussi bien que les feuilles écarlates de novembre, les tilleuls de l'été autant que l'herbe blanche d'hiver. Ces paysages s'étaient si bien mêlés aux récits nervaliens que, sur les chemins forestiers, il s'imaginait rencontrer un jour une passante sur les traits de laquelle il aurait reconnu une héroïne des temps anciens. Car, malgré son rationalisme à la française, il ne pouvait empêcher une part de lui-même de croire que les âmes mortes ne disparaissent pas et qu'elles errent en secret avant de retrouver corps dans une autre vie.

Il espérait croiser l'esprit d'une jeune fille disparue ou peut-être une fée des légendes du Valois : la reine des poissons accompagnée du prince des forêts, se défendant contre l'horrible Tord-Chêne et ses bûcherons. Pourrait-il aussi apercevoir une déesse de son pays, un esprit des rizières ou des montagnes du Nord ? Les immortelles traversaient-elles le temps et les frontières humaines ? Pouvaient-elles quitter la terre où elles sont nées et suivre l'imagination des hommes ? Vaine question à laquelle il n'y avait pas de réponse : c'était à en devenir fou ou à redevenir un enfant. Il s'agaça lui-même, la raison toujours.

Il aurait aimé rencontrer une jeune femme toute simple et voir quelqu'un apparaître au bout du chemin – une silhouette, un visage au clair regard. Elle serait enveloppée de son manteau et elle lui sourirait. Il n'espérait plus très sérieusement, mais il aurait voulu la regarder passer, lui parler peut-être – la vie est parfois changée par quelques instants. Cet esprit ou cette femme, il l'avait attendue toute sa vie ; elle avait pris des figures troubles et décevantes, ou bien était-ce lui qui n'avait pas eu de chance ? Comment était-il passé près de l'amour toute sa vie sans l'atteindre ? Ce n'était qu'une tragédie ordinaire, mais à cela il ne pouvait rien.

Ses parents à lui s'étaient tant aimés ; c'était ce qu'il voulait croire du moins, même si ses souvenirs étaient anciens. À mesure que les images renaissaient, il revivait un passé qu'il croyait disparu. Il se rappelait un homme et une femme aux gestes doux dont les visages s'étaient effacés. Ils habitaient chez son grand-père et construisaient leur maison dans le jardin. Son père travaillait aux champs et vendait la récolte sur le marché. Sa mère s'occupait de la maison et venait parfois aider au travail des rizières, mais son mari ne voulait pas qu'elle s'y fatigue trop. Il préférait payer des journaliers pour que les filles de la famille puissent rester à l'abri du soleil. Les jours de repos, ils faisaient de la musique. Son père jouait un peu de cithare et accompagnait sa mère qui ne chantait guère juste. Le résultat devait être affreux à entendre, mais, pour Tuân, il n'existait rien de plus joyeux que ce chant à demi improvisé qui lui revenait parfois à la mémoire, sans savoir si c'était un souvenir réel ou s'il l'avait imaginé à partir de ce qu'on lui avait raconté.

Les circonstances de leur mort étaient restées obscures. Il avait à peine cinq ans à l'époque, il dormait et n'avait rien entendu. Il se souvenait seulement de son réveil le lendemain matin, des pleurs et des cris qui remplissaient la maison. On lui dit que des voleurs étaient entrés chez eux dans la nuit. Son père et sa mère les avaient entendus et s'étaient levés pour appeler à l'aide. Dans la panique, les brigands les avaient frappés avec des couteaux ; ils s'étaient enfuis, on les avait poursuivis et rattrapés, mais à quoi bon ? Il y avait trois hommes qui venaient des Hauts Plateaux ; c'étaient des crève-la-faim qui passaient leur vie sur la route et vivaient de larcins. Les deux plus jeunes n'avaient pas vingt ans ; ils avaient peur, ils pleuraient, ils disaient que c'était un accident et qu'ils n'avaient voulu tuer personne. Mais cela n'empêcha pas qu'on les pendît tous les trois, peu de jours après.

Tout le village était allé les voir ; on avait amené Tuân aussi. Il se souvenait de leurs corps grêles et des vêtements bruns qui leur donnaient l'air de pantins de bois. Leurs pieds étaient maculés de boue et de sang ; des chiens étaient venus les mordre avant d'être chassés. Les voleurs étaient restés accrochés là toute la journée, puis on les avait jetés dans une fosse sans une prière funèbre ; on les avait recouverts de terre et ils s'étaient évanouis parmi les spectres sans nom. Dans le voisinage, les paysans avaient murmuré que le génie protecteur de la famille s'en était allé. D'autres pensèrent que la destinée aurait pu être plus cruelle : Tuân et le grand-père, qui dormaient dans la maison, auraient pu être tués aussi. L'esprit du plaqueminier avait arrêté les brigands : c'était la vengeance contre qui s'attaquait à eux. Quoi qu'il arrivât, les gens superstitieux trouvaient toujours une explication propre à les contenter.

Tuân ne savait qui croire et traversa les mois qui suivirent comme une nuit glacée. Ses parents furent enterrés au cimetière du village ; leurs portraits rejoignirent l'autel des ancêtres, disposé sur un meuble dans le salon, où se trouvaient déjà ceux des autres défunts aimés de la famille. Tuân suivit sans comprendre les étranges rites funéraires des quarante-neuf jours, puis des cent jours, célébrés après leur disparition. Il se souvenait seulement que, lors d'une de ces fêtes, le grand-père avait brûlé les linges de deuil dans un vase en terre cuite, offrant à sa fille et à son gendre toutes sortes de présents. Il les avait priés de revenir habiter la maison et d'accorder à leur fils leur protection. La cendre des bâtonnets d'encens s'était inclinée, cela signifiait que les esprits avaient répondu : le vœu serait exaucé. Tuân ne se sentit ainsi pas abandonné, et trouva dans l'espoir que ses parents resteraient présents à ses côtés la force de vivre.

Il avait maintenant une quarantaine d'années, mais il savait qu'il demeurerait ce petit garçon à qui l'on avait appris en se levant, par un matin ordinaire, qu'il avait perdu son père et sa mère – qu'ils soient devenus des esprits familiers n'y changeait rien. Il était orphelin sans y rien comprendre, et toute sa vie n'avait pas suffi à prendre conscience de la violence de cette perte. Tuân regarda devant lui et vit la buée que formait sa respiration. Il faisait froid, il s'amusa à souffler pour faire des nuages de fumée. Il était parti ce matin-là des abords du château de Chantilly, puis il avait traversé l'allée des Lions en direction de Coye-la-Forêt avec l'idée d'aller jusqu'aux étangs de Commelles. Ses pas l'avaient mené au bord d'un passage équestre qu'il traversa vers l'autre côté du bois. La terre, qui avait été retournée pour les chevaux, était molle et collante sous ses pas. Il avait l'impression de marcher dans un ruisseau noir et enfonça avec une joie enfantine ses chaussures dans le courant limoneux.

Lorsqu'il repensait à la disparition de ses parents, il avait l'impression d'ouvrir l'urne sans fond du passé en laissant refluer tant d'heures perdues. Des images lui revenaient à la mémoire aussi vivantes que lorsqu'il les avait vécues – les jeux, les courses pieds nus avec les autres enfants dans le jardin, le désir d'oublier sa peine et d'être un champion à la chasse aux lézards, le premier revenu à la maison lorsqu'on l'appelait pour le dîner. Il se souvenait de sa cousine Tiên, le visage le plus pur qu'il ait connu, des soirs à écouter les crapauds et les grillons, des veillées à poursuivre des lucioles et du chemin qui traversait les champs pour aller à l'école.

IV

Tuân se souvenait d'avoir été presque parfaitement heureux jusque vers l'âge de douze ans. Son grand-père lui avait tenu lieu de parents, et il avait continué à vivre dans la maison qui se trouvait au milieu du jardin entourée de celles de ses oncles et de ses tantes. Tous avaient des enfants, aussi Tuân fut-il élevé en compagnie de ses cousins. L'aîné s'appelait Duy : c'était le fils de sa tante Phuong, un garçon intelligent et plein de vie. Son père était parti alors qu'il avait dix ans ; sa mère en demeura inconsolable, et le chagrin provoqua chez elle un abattement et des accès de folie qui finirent par l'emporter. Duy avait supporté bravement l'absence de son père, il avait soutenu sa mère pendant ses violentes crises – quand on disait qu'il n'y avait plus rien à faire si la raison s'enfuyait. Il était un modèle pour Tuân qui se répétait que le courage, c'était cela : de garder la tête haute en dépit de tout. Il se l'appliqua à lui-même, se refusant dès lors à pleurer lorsqu'il pensait à ses propres parents.

Par ordre d'âge, Tuân venait après Duy, étant de six ans son cadet. Puis il y avait Kim et Hào, les fils de son oncle Hiêu, et Quang, le fils de l'oncle Hai, de quelques années plus jeunes que lui. Enfin, les deux derniers cousins étaient les enfants de sa tante Anh : Tiên, la seule fille parmi six garçons, et son frère Thao. Cette petite troupe de cousins animait le jardin familial d'un bruit perpétuel. Leurs activités variaient selon les âges et les saisons : il y avait les traditionnels jeux de ballon, les chasses aux insectes, les lectures, le dessin et les inévitables bagarres. Les enfants aimaient aussi s'inventer des histoires : dans leurs aventures, le verger devenait une cité fabuleuse ou un navire dans le ciel qu'ils peuplaient selon leur fantaisie. Ils s'y amusaient à revêtir différents rôles : chevalier, capitaine, dragon, pirate ou explorateur, goûtant le plaisir des récits héroïques sous l'abri des bambous et des orangers.

Les soirs d'été, les enfants adoraient se faire peur. Blottis sous les pans d'une moustiquaire, ils se racontaient des histoires de fantômes. La plus épouvantable était celle de la vieille femme aveugle qui faisait à minuit le tour du hameau. Personne ne l'avait jamais vue, on n'entendait que sa voix grêle et le bruit de ses pas. Mais, si ses yeux flamboyants se posaient sur vous, ils vous emportaient aux enfers, sans retour. Le lendemain matin, on retrouvait ses victimes inanimées, et, si l'on soulevait leurs paupières, on s'apercevait que leurs yeux avaient disparu des orbites parce qu'elle les avait dévorés. Il y avait aussi l'histoire du mendiant que l'on avait trouvé à la sortie du village, recroquevillé comme une feuille sèche. Après sa mort, on avait abattu son chien couvert de gale, par crainte de la contagion. Certaines nuits, le mendiant revenait hanter les maisons où on ne l'avait pas reçu ; il était toujours précédé de son animal qui s'était transformé en bête infernale. S'il trouvait un enfant, il l'attrapait entre ses crocs, et on ne revoyait jamais plus sa malheureuse proie. Seul un contre-sortilège permettait de s'échapper : si l'on voyait le spectre, il fallait vite lui crier une phrase magique pour le faire disparaître ; les petits l'apprenaient par cœur et se la récitaient sans fin.

L'un des plus chers souvenirs de Tuân était celui des bains que l'on donnait aux enfants tous les trois ou quatre jours dans le jardin. Ses tantes faisaient chauffer de l'eau à la casserole, puis elles en remplissaient un grand baquet posé à l'ombre des poiriers, non loin de la cuisine. Elles avaient l'habitude de peler des oranges ou des pamplemousses et d'en laisser tremper l'écorce dans l'eau, ce qui lui donnait une odeur délicieuse. Ses cousins et lui s'y succédaient, du plus petit au plus grand, pour se laver et jouer. C'étaient des moments joyeux, traversés de cris sonores lorsqu'il fallait mouiller les cheveux des plus jeunes, qui se mettaient à pleurer. La baignoire se vidait au fur et à mesure à cause du chahut et des éclaboussures ; et l'on reversait de l'eau à la casserole qui formait des volutes de fumée, ravivant l'odeur des zestes qui flottaient à la surface. Les enfants ne manquaient jamais de les sucer, ce qui laissait sur leurs lèvres un goût amer et fruité.

Dès qu'il en eut l'âge, Tuân fut inscrit à l'école communale. Elle se trouvait dans une bâtisse paysanne non loin de sa maison. Les murs, faits de panneaux de bois à peine jointifs, laissaient filtrer la lumière et la pluie. À travers les interstices, les enfants apercevaient les arbres de la cour et les champs ; les mouches qui bourdonnaient dans la pièce s'y frayaient un passage vers l'extérieur. À quelques pas, les poules et les coqs d'une basse-cour dardaient leur caquètement strident. Chaque matin, on désignait des enfants pour aller chercher les œufs et surveiller la naissance des poussins. Puis, le reste de la journée, l'austérité de la classe alternait avec des moments d'allégresse : le délire assourdissant des récréations et les repas dans l'herbe. Les leçons étaient données en alphabet vietnamien et en français. Le maître, un jeune diplômé de Saigon, avait pris Tuân en affection – était-ce parce qu'il était orphelin ? – et lui apprit à lire avec patience dans ces deux langues.

D'une façon inexplicable, Tuân était tombé amoureux du français. Il pouvait retenir les comptines et les chanter avec la bonne accentuation. Son maître l'avait encouragé ; et, au fil des années, il avait appris son vocabulaire sans difficulté ; la grammaire ne lui fit pas peur, pas plus que la conjugaison, la version ou le thème. Alors qu'il était en huitième, il avait découvert des volumes de la Comtesse de Ségur à la bibliothèque. C'était une lecture de filles, mais qu'importe. Il en emprunta un, puis deux, et enfin lut toute la collection avec passion. Tout lui sembla d'un grand exotisme. Les enfants occidentaux buvaient du lait et cueillaient des fraises ; ils jouaient du piano et faisaient du théâtre. Les malheurs du petit bossu lui remplirent les yeux de larmes, de même que le mépris dont on accablait le médecin italien. Il n'avait pas de mots assez durs pour s'indigner du mal qu'on faisait au général Dourakine… Il aima sans mesure ces histoires naïves ; plus tard, il comprit que c'était surtout la langue admirable de la Comtesse, née Rostopchine, une étrangère elle aussi, qui l'avait touché. Si cette femme russe avait pu écrire des livres en français, peut-être le pourrait-il aussi ? Mais il ne savait s'il y arriverait un jour.

L'enfance de Tuân s'écoula paisiblement jusqu'au moment où la maladie du grand-père – qui lui avait accordé quelques années de rémission – s'était réveillée. On n'en dit rien aux enfants, mais ils comprirent sans peine. Le vieil homme s'était affaibli. Un jour qu'il était allé se promener dans les rizières, il fit une grave chute. Il se rompit plusieurs vertèbres et ne put se relever. On l'emporta dans la maison et on fit venir un docteur qui essaya de le soulager avec des huiles et des médicaments. Chaque jour, Tuân venait s'asseoir sur une chaise près de lui et lui préparait sa boisson fortifiante au cacao. Le grand-père en prit quelque temps, puis, lorsqu'il ne put plus rien avaler, il laissa son petit-fils la boire pour lui.

Tuân s'était aménagé une couchette pour dormir au pied de son lit. Il ne devait jamais oublier ses mains devenues tremblantes, sa respiration pénible, son regard tour à tour calme et tourmenté. Il était impossible de lutter, le vieil homme s'éteignit au bout de quelques semaines. Une tante le trouva immobile un matin ; en lui apportant le bol de bouillon du petit déjeuner, elle vit qu'il ne respirait plus. Tuân le redoutait depuis plusieurs jours déjà ; il s'était dit : la mort arrive la nuit, aux premières heures avant l'aube. Ce nouveau deuil lui en rappela un plus ancien. Cette fois, il était grand et avait eu le temps de comprendre que tout devait finir, même s'il ne parvenait pas davantage à l'accepter.

Le grand-père resta étendu quelques heures sur son lit avant qu'on l'emmenât. Tuân ne voulut pas quitter son chevet et garda la main posée sur sa main, encore tiède puis de plus en plus froide. Ses traits s'étaient figés dans une expression sereine, et son petit-fils croyait le voir dormir. Enfin, les adultes le firent sortir pour effectuer la toilette de l'aïeul et l'habiller. C'était un matin d'automne ; Tuân attendit sous l'auvent de la maison en contemplant le jardin. Au-dessus de lui, le ciel était gris ; il en tombait une pluie fine qui se transforma en averse, martelant ses gouttes sur le toit et les arbres. On appela un bonze qui récita les prières rituelles, puis déposa un grain de riz dans la bouche de l'aïeul et une pièce de bronze dans sa main.

Quelques jours après, il fut enterré dans la parcelle familiale du cimetière auprès de ses parents.

Beaucoup de personnes furent là pour l'accompagner. Duy, qui à cette époque avait commencé des études de médecine à Saigon, rentra aussitôt. Les cousins étaient réunis et dirent adieu à la douceur de l'enfance devant le cercueil ouvert. Il y eut la cérémonie des bandeaux blancs noués sur la tête, la psalmodie des moines, les pleurs, la musique des clochettes et des flûtes. Après avoir appelé l'âme du défunt, on lui présenta des offrandes de fruits et d'encens, on brûla des lingots en papier doré et des figurines pour le servir dans l'au-delà, et les ancêtres accueillirent un nouveau portrait sur l'autel familial : c'était l'image de l'éternité promise au disparu et de la tristesse des enfants qui restaient sur terre. Le grand-père avait écrit ses dernières volontés, dont une grande partie concernait l'éducation de Tuân. Il s'était assuré que le petit aurait de quoi vivre sans peser sur les autres et qu'il pourrait poursuivre ses études jusqu'à l'université. Un mois après l'enterrement, Hiêu, l'aîné des fils, devenu le nouveau chef de famille, s'installa dans la maison léguée par son père, et Tuân déménagea chez la plus jeune sœur de sa mère, Anh.

V

Tuân gardait de sa tante Anh, qu'il appelait Cô Anh, l'image d'une jeune femme fragile. Elle s'était mariée à quatorze ans avec Chinh, le fils aîné d'une famille aisée du voisinage. Il était bel homme et travaillait au tribunal de Tourane. Lorsqu'il rentrait à Shui aux périodes de vacances judiciaires, il conservait son élégance citadine : il portait des chemisettes blanches et des pantalons de lin commandés à un tailleur à la mode. Chez ses parents, qui possédaient des plantations de manioc, il passait son temps à lire des journaux et à fumer des cigarettes. Les jeunes filles l'admiraient, et il en venait souvent quelqu'une pour lui demander des conseils juridiques d'un air énamouré.

À Tourane, Chinh s'était lié avec une femme plus âgée, la veuve d'un avocat qui lui avait été présentée par des amis. Après plusieurs années, Chinh avait pensé s'installer chez elle, mais ses parents s'y opposèrent. Sans rien lui dire, ils arrangèrent son mariage avec Anh pour éviter qu'il ne franchît les limites permises. Leur fils fut mis devant le fait accompli. Il voulut d'abord se dérober ; cependant, après quelque réflexion, il accepta. Cette solution présentait l'avantage de contenter ses parents tout en le laissant libre. Il s'estimait un esprit moderne, mais c'était un cynique pour qui le mariage représentait une simple convention qui ne l'obligerait pas à changer de vie. Anh l'ignorait, bien sûr, et crut épouser un prince charmant.

La préparation des noces fut joyeuse, le fiancé courtois. La première désillusion de Anh intervint quand Chinh décida de continuer à vivre à Tourane. Il entendait garder son emploi au tribunal et prétendit qu'ils n'avaient pas les moyens d'y emménager ensemble, aussi elle ne pouvait le suivre : ce n'était pas bien grave, car il rentrerait tous les deux ou trois mois. Les beaux-parents de Anh firent bâtir pour le jeune couple une maison dans le jardin de la famille de la mariée. La construction une fois terminée, elle s'y installa seule. Anh changea peu ses habitudes, elle était simplement devenue une épouse qui devait à présent garder le foyer en attendant la prochaine visite de son mari. Ce n'était pas si mal, et c'était mieux que d'être obligée de jouer la bru, *làm dâu*, auprès de la belle-famille. Elle était trop jeune pour imaginer que Chinh avait d'autres intentions que de vivre avec elle. L'attente, la douceur du tissu de ses chemisettes impeccables l'avaient paré des plus grandes qualités. D'ailleurs elle ne s'ennuya pas longtemps puisqu'elle tomba enceinte l'année suivant leur mariage et qu'elle eut un deuxième enfant à peu de temps d'intervalle. Ce fut elle qui proposa d'accueillir

Tuân après la mort du grand-père, alors que son fils et sa fille avaient quatre et six ans.

Tuân fut rassuré d'aller vivre chez Cô Anh, qui était sa tante préférée. On disait qu'elle avait le sourire et les yeux de sa mère dont il se souvenait à peine, des traits qu'elle avait transmis à sa fille Tiên. Tuân s'occupait volontiers de sa cousine, malgré les six ans qui les séparaient, et quoiqu'il fût à un âge où les adolescents s'intéressaient peu aux plus jeunes enfants. À la maison, il jouait avec elle et lui fabriquait des poupées. Lorsqu'elle eut huit ans, il commença à lui apprendre le français afin qu'elle pût suivre plus facilement la classe. Ils s'amusaient à échanger des phrases glanées dans les livres – *Comment allez-vous, mon cher ami ? – Fort bien, ma cousine* – trouvant plaisant de se vouvoyer, usage intraduisible en vietnamien. Ils gardèrent toujours cette habitude et, à mesure que Tiên faisait des progrès, ils purent s'inventer des discussions plus longues. Le français devint ainsi pour eux non pas une langue secrète, parce que d'autres pouvaient les comprendre, mais un terrain de jeu partagé.

Ils s'installaient le soir à une table près de la fenêtre, avec un manuel illustré offert à Tuân par le maître. Sur la couverture gondolée par l'humidité, le titre *Le Vocabulaire des petits* était écrit en caractères vermillon, entouré de marguerites. Sous le nom de l'auteur, une dame vêtue d'une robe gris-bleu faisait la lecture à des enfants. Parmi les différents tableaux de l'album, ils choisissaient un thème :

« L'arbre de Noël » ou « La petite couturière » pour lire les mots. Ils s'amusaient à parcourir la description des quatre saisons, spéculant sur les couleurs de la vigne automnale ou les toits couverts de neige en hiver. L'ouvrage se terminait par des contes accompagnés de courts poèmes qu'ils finirent par connaître par cœur.

Tuân se plaisait aussi à raconter à sa cousine d'autres histoires qu'il avait lues à l'école. Elles formaient un univers qui les emmenait loin de l'Annam, au bord de la rivière du Chat botté et du marquis de Carabas. Ils parlaient du Loup et du malheureux Agneau, de la forêt terrifiante de la mare au Diable et parfois les traits du petit Chose se mélangeaient au sourire de Thằng Bờm ou de Cuội, le garçon dans la lune des contes de leur pays. À partir de ces récits, Tuân et sa cousine menaient des conversations absurdes dans un français incertain, entrecoupées de vietnamien parce qu'ils manquaient de vocabulaire, mais pleines du plaisir des inventions insolites. Plus tard, lorsque Tuân repensait à son adolescence et qu'il essayait de se représenter la maison de sa tante, c'étaient ces instants qui lui revenaient, avec leurs expressions maladroites et leur candeur.

Après la mort de son grand-père, Tuân s'était vite accoutumé à sa nouvelle vie chez Cô Anh. Avec le recul, il était stupéfait de constater qu'à seize ou dix-sept ans il avait encore l'innocence d'un enfant. C'était vers cette époque qu'on lui avait acheté des chaussures et des habits neufs pour aller au lycée. Il aimait marcher le long de la rivière des Parfums et faire du vélo dans la campagne, parcourant les collines de pins et les rizières. Il travaillait bien à l'école, et il était entouré d'assez d'affection pour être à l'abri des soucis d'autres garçons de son âge. On avait presque oublié qu'il était orphelin et la violence de la perte de ses parents.

Cette existence était à peine troublée par la présence de l'oncle Chinh, qui était devenu greffier au tribunal de Tourane au cours de la première année de son mariage. Après cela, il rentra de moins en moins souvent voir sa femme. Ses lettres s'espacèrent également, et il finit par ne plus revenir qu'une fois par an pour le Têt. Ses enfants, trop jeunes, ne ressentaient peut-être pas l'indélicatesse de la situation, mais Tuân en avait bien conscience ; il aimait sa tante et en souffrait pour elle. Lorsque Chinh était à Shui, il s'intéressait peu à sa famille. Il rendait visite à des amis et s'occupait d'affaires qu'il souhaitait garder secrètes. Anh était triste de son indifférence et s'efforçait de ne pas trop le montrer aux enfants. Elle craignait quelque infidélité : peut-être n'avait-il pas rompu avec la femme qu'il avait connue avant leur mariage, et dont elle avait appris depuis l'existence ? Lorsqu'elle lui posait la question, il ne répondait rien ; il n'avait certes pas de comptes à rendre et vivait comme il le désirait. Enfin, à quoi bon en parler et que dire ? Il y avait bien une autre femme, et en réalité il aurait mieux valu qu'il n'y eût que cela.

En quelques années, Chinh avait beaucoup changé. Lorsqu'il revenait à Shui, il ne portait plus ses chemises à l'occidentale. Il se levait tôt, revêtait la tenue modeste des paysans et passait la plupart de ses journées à l'extérieur, sans dire à sa femme où il allait. Anh le voyait rarement rentrer à la maison avant le soir. À Tourane, un ami l'avait introduit dans un cercle de jeunes lettrés. Parmi eux, il y avait des avocats, des journalistes, des professeurs qui militaient pour l'indépendance. Le groupe était dirigé par l'héritier d'une grande famille bourgeoise qui avait pris le nom de *Dân Duc* – vertu du peuple. Il avait fait plusieurs années d'études à Paris et y avait rencontré des communistes vietnamiens qui l'avaient chargé de recruter des camarades. C'était avec ces hommes que Chinh était entré en politique dans les rangs du Viêt-Minh.

Lorsque Dân Duc proposa à Chinh de s'engager dans la lutte armée, il n'hésita pas une seconde et accepta de rejoindre le maquis. On était alors à l'automne 1953, en pleine guerre coloniale contre les Français, et il devait choisir son camp. Chinh disait qu'au sein du Parti il avait appris à ouvrir les yeux : le Vietnam devait secouer le joug de l'étranger, reprendre sa liberté, chasser les colonisateurs et les capitalistes par la voie des armes. Cet idéal était juste : il fallait reconquérir les terres dont son pays avait été dépossédé, expulser les impérialistes, proclamer l'égalité, mener la révolution sociale, faire le bonheur du peuple – et que mille ans de paix succèdent à une glorieuse guerre. Ces mots, Chinh se les était répétés tant de fois qu'il s'en était pénétré – il fallait refuser les chaînes – remplacer le collier du chien par la sangle du fusil – l'humiliation par la fierté ; il ne craignait pas de mourir, car il combattait pour le peuple, qui méritait tous les sacrifices.

Les conditions du départ de Chinh furent décidées rapidement au sein du groupe. Il fut convenu qu'il travaillerait sans rien changer à ses habitudes jusqu'aux congés de janvier 1954 où il rentrerait dans sa famille pour le Nouvel An. Alors il disposerait d'une semaine pour préparer son voyage vers le nord ; il y recevrait une formation avant d'intégrer une unité de combat. Dans l'intervalle, rien ne devait transparaître de son projet. Son choix devait manifester une rupture radicale, car c'est ainsi qu'il frapperait le plus fort les esprits. On lui demanda d'écrire au tribunal une lettre de démission qui paraîtrait ensuite dans un journal nationaliste : elle expliquerait les raisons de son engagement et appellerait tous les patriotes à le rejoindre.

Chinh pensa d'abord partir seul, mais Dân Duc disait que l'armée populaire avait besoin de forces vives – femmes, enfants, matériel –, tout ce qui pouvait servir. Sa fille aurait bientôt douze ans, et son fils dix ; d'ici quelques années, ils seraient prêts à entrer dans les troupes révolutionnaires. Ses amis lui conseillèrent de les emmener avec lui. Pour le neveu de sa femme, Tuân, c'était une autre histoire. Il s'apprêtait à passer le baccalauréat : il était déjà trop grand et corrompu par le poison des Occidentaux.

En outre, le grand-père avait décidé de ses études avant de mourir, tout cela pourrait créer des problèmes. Il ne ferait donc pas partie du voyage. Une fois ces dispositions arrêtées, Chinh travailla encore deux mois au tribunal, période durant laquelle il vécut sans rien changer à ses habitudes afin de ne pas éveiller les soupçons. Lorsqu'il quitta Tourane pour les vacances judiciaires, il prit congé de ses collègues comme s'il devait les revoir à son retour.

VI

Tuân n'avait aucun souvenir des fêtes de la nouvelle année 1954. Il sut plus tard que, la veille du Têt, Chinh avait annoncé à sa femme sa décision de rejoindre l'armée populaire. Il l'emmenait, avec Tiên et Thao, vers la frontière chinoise. Anh devait se réjouir d'entrer dans le camp de la Révolution – c'était l'éducation qu'il voulait pour ses enfants : qu'ils se battent pour leur pays. Il lui défendait d'en parler à qui que ce soit avant leur départ ; ils ne diraient adieu à la famille qu'au dernier moment. Ce projet resterait secret jusqu'à leur arrivée dans le Nord mais, après la publication de sa lettre de démission dans le journal, l'affaire devrait au contraire faire du bruit pour servir d'exemple. Chinh donnait deux jours à sa femme pour se préparer pendant qu'il vendrait ce qu'ils possédaient.

Une déflagration peut mettre du temps à se répandre dans l'esprit. D'abord, une étincelle, une combustion qui s'étend peu à peu. Peut-être, se dit-on, qu'elle va s'éteindre d'elle-même dans un nuage de poussière – n'était-ce qu'un malentendu ?

Mais le feu grandit, irrésistible. Dans les bouleversements de cette époque, il était difficile de s'orienter. Le système colonial était injuste et tyrannique – les Vietnamiens devaient s'en affranchir. Mais Anh aspirait à une libération qui passerait par la voie la moins violente possible, était-ce utopique ? – et sans suivre l'idéologie du parti communiste. On commençait à découvrir la brutalité vers laquelle il dérivait. Des familles de Huê avaient rejoint le maquis après la proclamation de l'indépendance en 1945. Elles avaient embrassé avec enthousiasme la cause nationaliste, espérant travailler à la libération du peuple, à la reconquête de ses droits et de sa souveraineté ; mais certaines en étaient revenues depuis, chassées par les répressions et la terreur politique. Sa fille et son fils devraient apprendre à se battre avec d'autres adolescents dont on faisait des soldats – cette idée lui fut insupportable.

Anh était prise au piège depuis longtemps ; son mariage était une toile d'araignée qui la retenait prisonnière, mais elle n'imaginait pas un tel avenir pour ses petits. La soudaineté avec laquelle Chinh lui avait annoncé sa décision l'avait laissée sans voix. Il était leur père, et rien ne lui interdisait de les emmener – il n'y avait nulle échappatoire. Aussi, si elle refusait de venir aussi, qui s'occuperait d'eux ? Que faire sinon le suivre ? Et sans perdre de temps : elle n'avait que deux jours, sans quoi ils manqueraient de tout. Habituée à l'obéissance, Anh ne sut trouver les mots pour protester, désemparée par l'image de sa naïveté passée. Le mari qu'elle voulait aimer était vite devenu un hôte de passage, puis le père de ses enfants qu'elle ne voyait qu'une fois par an, un homme infidèle comme tant d'autres, et pour finir le révolutionnaire en habits de paysan qui voulait conduire sa famille sous le feu des combats.

Anh ne parla pas à son neveu des plans de Chinh, mais Tuân comprit que quelque chose de grave se préparait. Ce jour-là, elle confia Tiên et Thao à une voisine, et se mit à rassembler des vêtements, des jouets et des livres. Puis elle passa le reste de la journée à faire des achats. Elle trouva quatre grosses malles en osier et emmena Tuân pour l'aider à les rapporter. Lorsqu'il lui demanda : « Cô Anh, allons-nous quelque part ? » Elle lui répondit : « Ne t'inquiète pas, toi, tu ne pars pas » ; elle avait soufflé ces mots de la manière la plus détachée possible, mais il n'oublia jamais l'angoisse qui brisait sa voix. Tuân l'accompagna au marché où elle acheta du riz, de la nourriture et tout le nécessaire pour le voyage : chaussures, draps, moustiquaires…

Le lendemain, sa tante prit un bus pour se rendre dans un dispensaire de Huê. Elle mentit en disant qu'elle avait besoin de remèdes contre le paludisme et la fièvre pour plusieurs enfants de son village afin d'obtenir suffisamment de médicaments. Le médecin ne fut pas dupe. Il avait vu des familles partir pour le Nord où les conditions de vie étaient difficiles, avec des cas de maladies mortelles. Il donna à Anh de la quinine et des antibiotiques, et il lui proposa de revenir le lendemain pour vacciner les petits.

Anh rentra chez elle ce soir-là en espérant repousser le départ. Elle prépara le dîner de Tiên et Thao et les coucha ; puis elle dressa la table pour ce qui devait être son dernier repas dans cette maison avec son mari. Elle avait cuisiné des crêpes à la crevette et du poisson au lait de coco, escomptant que ces attentions adouciraient Chinh. Il rentra tard dans la soirée ; elle lui servit alors le souper avec du thé et s'attabla à côté de lui. Puis, alors qu'il commençait à manger, elle l'implora de rester un jour ou deux de plus, car elle devait retourner au dispensaire pour les vaccins des enfants, ce serait plus sûr – la jungle, les moustiques, les épidémies de rage, la tuberculose, c'était effrayant – elle ne voulait pas prendre de risques.

Chinh était d'un tempérament calme et déterminé. Il n'avait pas besoin de s'emporter. Il était hors de question de se mettre en retard, il devait commencer sa formation, ses entraînements, après quoi il irait se battre. Oubliait-elle que c'était la guerre ? Puis, il ajouta que leur engagement représenterait un changement total de vie. Désormais, il refusait que ses enfants soient soignés par des remèdes occidentaux sans l'avis d'un médecin du peuple. Ses médicaments seraient remis au commissaire politique, il saurait quoi en faire. D'ailleurs, les affaires qu'elle emportait – les jouets, les livres – puaient le bourgeois. Il en ferait don à la communauté du village où ils iraient. Ses enfants, eux, devraient apprendre à tenir une arme et à combattre pour devenir de braves maquisards. Cet homme était-il un idéaliste ou un fou ? Il n'avait pas même haussé le ton ; sous le choc de ces paroles, Anh avait gardé un air aussi calme que lui. Ne trouvant rien à répondre, elle s'était levée et laissée tomber dans un coin de la pièce.

Tuân était dans sa chambre et avait écouté la discussion de l'autre côté de la cloison. Chinh continuait son repas ; on entendait le son léger des baguettes sur son bol, le bruit que faisait sa bouche en buvant du thé, la tasse de porcelaine reposée sur la table. Sa femme ne disait rien – peut-être se couvrait-elle la tête de ses mains ou bien, assise le dos contre le mur, le regardait-elle manger ? Cette scène muette et invisible, à peine troublée par le dîner de son oncle, lui fut insupportable. Tuân saisit une canne de bois avec laquelle les enfants jouaient à l'épée. Il tourna quelques minutes devant la porte. Aurait-il le courage de sortir, de frapper cet homme, de lui faire entendre raison ou de lui briser le crâne ? Il essaya de se représenter sa tante abandonnée, ses cousins maltraités pour attiser sa colère, mais il ne put franchir le seuil… Prenant conscience qu'il était incapable d'empêcher son oncle d'emmener sa famille, Tuân se rassit et appuya sur sa main gauche la pointe affûtée du bâton jusqu'à voir couler du sang ; il en ressentit vivement la brûlure – tuer son oncle, c'était monstrueux, il n'en aurait jamais la force, alors que les enfants dormaient dans la pièce voisine. Les larmes aux yeux, il resta aussi silencieux que le couple de l'autre côté de la cloison ; il regarda la tache rouge sur les lignes de sa main, et sut que dès lors tout était perdu.

Le lendemain matin, Chinh se réveilla à l'aube pour charger les malles de sa femme et ses propres bagages sur une charrette à bœufs. Il laissa à Anh une heure pour dire adieu aux siens. Elle était allée annoncer son départ à ses frères et ses belles-sœurs qui dormaient encore, ils en furent bouleversés. Tuân, qui n'avait pas dormi de la nuit, se leva avec elle : jamais encore il n'avait ressenti un tel sentiment d'impuissance, se disant qu'il n'était qu'un lâche – comment pouvait-il laisser sa tante partir ? Si son grand-père avait été vivant, il n'en aurait pas été ainsi, mais aujourd'hui il n'y avait pas d'autre issue. Anh habilla ses enfants pour le départ. Elle essaya de prendre un ton enjoué pour leur dire : « Nous allons faire un long voyage. Votre père doit aller dans les montagnes du Nord où des choses importantes l'attendent, et il nous emmène. » Thao demanda à sa mère s'ils verraient des tigres ; elle lui répondit : « Peut-être », et il s'était mis à imaginer des aventures extraordinaires. Le Nord était la terre des explorateurs : avec son père, il irait à la chasse aux animaux sauvages ; il monterait sur le dos des éléphants et se balancerait à leur trompe ; dans tout cela, il ne voyait rien que des vacances inespérées.

Tiên s'était assise sur une chaise près de Tuân. En croisant son regard, elle avait compris la violence de cette situation. Ils restèrent côte à côte, sans dire une parole. Puis, alors qu'elle était sur le point de se lever, Tuân fit une chose qu'il n'avait jamais osée auparavant. Il prit cette grande enfant sur ses genoux, la serra dans ses bras tandis qu'elle posait la tête sur son épaule ; la veille, sa mère lui avait fait donner le bain de sorte qu'une odeur fraîche de pamplemousse s'élevait de ses cheveux. Puis il lui chuchota en français comme pour préserver un secret :

— *Votre père vous emmène là où il y a la guerre, il veut se battre et je ne comprends pas ce qu'il veut faire de vous, il ne faut pas vous inquiéter, nous nous retrouverons.*

Tressaillant à ces paroles, Tiên lui répondit dans la même langue :

— *Je ne veux pas vous quitter, je veux rester toujours près de vous.*

Ils demeurèrent immobiles dans cet instant suspendu, ne sachant qu'ajouter : les espoirs étaient vains devant la proche séparation.

Les préparatifs du départ furent bientôt terminés. Thao sauta sur la charrette, insoucieux des circonstances. Anh monta à son tour et, de son siège, elle dit au revoir à sa famille sans connaître l'heure du retour, en espérant elle n'aurait su dire quoi, des jours meilleurs qui ne viendraient pas. Lorsque la voiture fut prête, Chinh se rendit compte que sa fille n'était pas là. Il retourna la chercher dans la maison, et la vit assise près de son cousin. Tuân avait desserré son étreinte et reposé Tiên près de lui. Dans le souvenir qu'il garda de ce moment, elle portait une tunique indigo et un pantalon beige. Ses cheveux n'étaient pas nattés et tombaient dépeignés sur ses épaules ; elle tenait un objet dans sa main, qu'est-ce que ce pouvait être ? Une poupée, un fruit ?... Il ne se rappelait pas, mais il aurait aimé savoir, même si cela n'avait aucune importance...

Le père de Tiên l'appela. Elle ne répondit pas et resta sans bouger sur sa chaise. Alors il la saisit par le bras et la poussa vers la porte ; comme elle ne voulait pas avancer, il la souleva et la jeta sans ménagement dans la charrette. Tuân les avait suivis et, sans réfléchir, dans un mouvement de désespoir, il avait crié en français à son oncle :

— *Vous êtes un monstre, laissez-moi au moins lui dire au revoir.*

Chinh le considéra de son regard glacé et lui répondit en vietnamien :

— *Mày là thằng việt gian* – Tu n'es qu'un traître à la patrie –, et il ajouta : à cause de tes paroles, je la donnerai à un homme qui n'a pas été pourri par l'Occident, même si ce doit être un illettré.

« Traître à la patrie » : l'accusation ne cessa de le poursuivre ensuite. « À un illettré » : ces mots cinglants résonnèrent à l'esprit de Tuân. Il n'y eut pas d'autre adieu, et le plus cruel était que la menace du père de Tiên devait se réaliser sous une forme inattendue.

La voiture était attelée à deux bœufs achetés la veille par Chinh. Ils étaient blancs, jeunes et vigoureux ; leurs cornes grisâtres s'élevaient au-dessus de leurs mufles muselés à un joug de bois. Chinh leur donna l'ordre du départ à coups de cravache et force cris : leurs pattes puissantes se mirent en marche, entraînant la charrette et ses passagers, creusant sur le sol une large trace. Tuân n'en put supporter davantage ; il tourna les talons et se dirigea vers la maison – à ce moment, il eut l'impression que son esprit se partageait en deux et qu'une partie de son être s'en allait avec sa cousine. Il n'était plus seulement lui-même, mais, par un effet de balancier, il était devenu cette petite fille qui s'éloignait dans la carriole et dont l'âme venait habiter son propre corps. Ses yeux se mouillèrent ; par la fenêtre, il vit sa famille faire des signes d'adieu à sa tante et à ses cousins qui regardaient en arrière, tandis que Chinh conduisait, imperturbable, le regard tourné vers la route du Nord.

Sous tes pas

des trèfles sur le chemin
d'herbes fraîches

Où vont-elles, invisibles,
les ailes ?

Sur l'air léger
la fraîcheur de l'appel
des mésanges et des loriots

Des cloches ou
des cris au loin,

le vent empo r t e
leurs
secrets

VII

Forêt de Chantilly, allée du Chèvrefeuille

Le ciel gris ne s'était pas éclairci au-dessus de la forêt ; les nuages s'étaient assemblés, toujours plus lourds, jusqu'à se disperser en pluie fine. Tuân sentit les premières gouttes sur ses mains et son visage ; puis, à mesure que la bruine tombait, il entendit autour de lui le murmure des branches printanières. Devant lui se déroulait le sentier couleur d'écorce tendre. Il regardait les flaques où se dessinaient les gouttelettes : d'abord quelques-unes, puis une myriade de ronds de plus en plus larges et sonores, la musique erratique de la mélancolie. Le vent soufflait plus fort, il se mit à tomber de la neige fondue, puis des grêlons s'abattirent avec fracas ; alors il se mit à l'abri sous le couvert du bois.

De là, il pouvait voir l'allée se recouvrir d'un fin ruissellement. L'averse frappait la terre ou, plus délicatement, elle glissait de branche en branche pour y déposer ses mille glaives qui avaient transformé au fil des mois les feuilles en humus fécond. Il resta sous les arbres une demi-heure, puis lorsqu'il lui sembla que la giboulée était passée, il reprit sa promenade. En revenant sur le chemin, il sentit le sol détrempé sous ses pieds ; le passage était glissant, et, en souriant, il se dit : je marche sur une rivière de pluie ; il pensa que ce pourrait être le début d'un poème, mais non, « je marche » était trop sec, prosaïque ; il faudrait quelque chose qui soit plus doux et aérien, comme « je vole », mais c'était une idée stupide, je ne suis pas un papillon de mai. Alors peut-être garder seulement la « rivière de pluie » ? Mais l'expression sonnait bizarrement. Ou bien encore la « rivière sous la pluie » ? Ce serait plat ; il ne lui restait plus grand-chose, une simple impression de fraîcheur évanouie.

Tuân essaya de puiser de la force dans les arbres. Il avançait au fil d'un ruisseau obscur, il lui était toujours pénible de se souvenir du printemps 1954. Le départ de sa tante et de Tiên avait coïncidé avec l'embrasement de la fin de la guerre coloniale. Son oncle avait rejoint les troupes du Viêt-Minh qui se mettaient en ordre de bataille pour Diên Biên Phu. Quelques mois auparavant, les soldats français avaient investi cette paisible cuvette du Nord-Ouest afin d'y construire un camp retranché. Ils avaient rasé les arbres et les champs, et les avaient remplacés par une forêt de pieux et de barbelés, supposée former une forteresse imprenable. Mais, autour d'eux, l'armée vietnamienne, aidée par la Chine, avait rassemblé un armement terrible ; lorsque le Viêt-Minh lança l'attaque, il déversa sur ses adversaires une pluie d'obus et de bombes qui écrasa les soldats français dans un piège sanglant. Pendant des semaines, la cuvette vit des morts effroyables des deux côtés. Les Français ne pouvaient tenir longtemps sous les assauts ennemis, dans la mousson qui transformait le paysage en champ de boue ; début mai, ce fut la cruelle défaite qui signifiait la fin de l'Indochine française.

Le peuple vietnamien espérait gagner la liberté et la paix, mais il ne devait pas en être ainsi dans les années qui suivirent. Tuân se réjouissait de la fin de la colonisation, cependant il avait un mauvais pressentiment devant la victoire du Viêt-Minh. Pour les communistes, le combat nationaliste allait de pair avec la révolution sociale, et ils ne reculeraient devant aucune violence afin de l'imposer. Depuis la fin de l'année 1953 avait commencé une réforme agraire menée de façon meurtrière et soutenue par des répressions politiques. De plus, le Parti avait aux yeux de Tuân le visage détesté de son oncle Chinh : il n'avait aucun scrupule à se débarrasser de ceux qui s'opposaient à lui et laissait mourir des milliers de blessés dans la jungle, tandis qu'un million de réfugiés devaient fuir le Tonkin sur le chemin de l'exode. L'enthousiasme que suscitait l'indépendance se noyait pour Tuân dans une étrange peine, car il craignait que de nombreux malheurs ne découlent de cette situation. Néanmoins le triomphe du Viêt-Minh présentait l'heureux avantage d'assurer l'avenir de sa tante et de sa cousine, qui se trouvaient par chance du côté des vainqueurs.

Tuân restait sans aucune nouvelle d'elles. Des mois qui suivirent leur départ, il se rappelait l'angoisse de ne savoir ni où elles étaient, ni quels dangers elles pouvaient courir. Il avait dix-sept ans et, depuis son enfance, il avait perdu tous ceux qu'il aimait : ses parents d'abord, puis son grand-père ; à présent Cô Anh et Tiên étaient parties pour une zone de front. Sa famille portait sur ces événements un regard fataliste – on n'y pouvait rien, car tout était écrit à l'avance sur le grand livre du ciel. Cependant, d'anciennes traditions disaient aussi qu'il était possible de fléchir les dieux et de changer la destinée ; Tuân se demandait s'il trouverait le sens de tout cela et une façon de s'affranchir de ces disparitions qui le tourmentaient tant.

Ce fut à cette époque, dans la maison vide de sa tante, qu'il commença à écrire ; il n'aurait su dire pourquoi – peut-être parce que la pensée de sa cousine ne le quittait pas, et qu'il avait un ardent besoin de lui parler et d'être avec elle. Comme il lui était impossible de lui faire parvenir des lettres, Tuân eut l'idée de composer des poèmes à Tiên, des petits textes qu'il pourrait lui offrir plus tard, de simples billets adressés à la fillette de douze ans qu'elle était et à la jeune femme qu'elle deviendrait un jour, car il ne voulait envisager d'autre avenir.

Les mots lui étaient naturellement venus en français. Tuân commença par des sujets naïfs qui lui rappelleraient les soirées passées autour du *Vocabulaire des petits* et des contes qui les réjouissaient. Il recherchait une forme aussi pure que celle des « Odelettes » qu'il avait découvertes dans les *Poésies* de Nerval, son livre de chevet d'alors, mais c'était bien sûr hors de sa portée. Il ne se figurait pas rédiger autre chose que des vers d'écolier, cependant il se prit au jeu, car c'était une façon de tromper la solitude. Tuân s'essaya au rythme rassurant des octosyllabes, en composant un ensemble sur les parfums. Il s'amusa à établir des listes de senteurs connues et inconnues afin d'en faire une réserve d'idées. Parmi les plus communes, il avait noté :

Mandarine
Jacquier
Bougainvillée
Cannelle
Jasmin
Gingembre
Thé
Frangipanier
Fleur de longane
Miel
Réglisse

Parmi les inconnues dont il avait rencontré les noms dans ses livres, il y avait :

Anémone
Réséda
Muguet
Aubépine
Rose trémière

Pampre
Glycine
Jacinthe
Primevère
Glaïeul
Pâquerette
Seringa

Il choisissait des mots dans la liste et cela lui permettait de faire rimer par exemple :

Jasmin et *jardin*

Thé et *poupée*

Miel et *ombrelle*

Il imaginait un lieu que sa cousine viendrait habiter : une prairie où coulerait un fin ruisseau, le long de rives fraîches ombragées d'un bois fleuri ; au-dessus de leurs têtes, un ciel d'azur où passeraient quelques nuages et où l'on verrait resplendir un croissant de lune : une scène dans laquelle elle trouverait sa place. Le texte pouvait donner ceci :

Elle jouait dans le jardin
Entre les treilles de jasmin.

Sur une branche, sa poupée
S'amusait et prenait le thé

Avec un grillon sous l'ombrelle
Des feuilles au parfum de miel.

Ou bien, s'il était d'humeur morose et que dans son rêve le visage de Tiên lui avait paru mélancolique, il écrivait plutôt :

Au crépuscule, le jardin,
Dans la tristesse du jasmin –

Les yeux mouillés de sa poupée
Avaient l'âpre saveur du thé –

Car elle a disparu, l'ombrelle
Légère des années de miel.

Tuân savait que ses tentatives poétiques étaient enfantines et sans qualité, mais cela lui était égal. Ce qui lui plaisait c'était de jouer avec les mots et d'échapper ainsi à la peine laissée par le départ de sa tante et sa cousine.

Sa vie se poursuivit au milieu des bouleversements du printemps 1954. Ses cours au lycée continuèrent sans trop de changements, et il ne travailla pas avec moins de conscience, même si un ressort en lui s'était brisé. Le matin, il partait en classe, il évitait autant que possible les conversations avec ses camarades et faisait ses devoirs à l'étude pour rallonger sa journée, car la maison vide de la présence des enfants et de Cô Anh lui était insupportable. Le soir, il dînait chez l'un de ses oncles et avait pris l'habitude d'aller s'asseoir au pied du plaqueminier ; il adressait au génie de l'arbre d'obscures prières avant de rentrer se coucher.

Les jours de congé, il sillonnait les alentours à vélo. Il quittait le hameau de Shui et se dirigeait le plus souvent vers le nord en passant entre les rizières ou sur le bord de la rivière des Parfums. Par les plus vives chaleurs ou sous la pluie battante, il suivait la route jusqu'à Huê qui se trouvait à une vingtaine de kilomètres. Ce fut à cette époque qu'il découvrit la splendeur de la Citadelle impériale qu'il avait rarement visitée plus jeune. Il aimait pédaler dans ses quartiers élégants, le long des rues parfumées de fleurs de lait où il s'arrêtait pour se reposer sous un kiosque ou près d'un étang. Il admirait de loin les palais de carmin et d'or, les portiques solennels, les dragons sculptés ondulant sur les toitures et les vases de bronze qui ornaient les cours majestueuses ; il psalmodiait parfois une prière devant les fumées d'encens qui s'élevaient d'un autel ou lorsqu'il entendait les clochettes d'un temple.

S'il ne se rendait pas à Huê, il traversait les collines vallonnées en direction de l'un des tombeaux qui constituaient la richesse des environs. La maison familiale se trouvait en effet dans la région où les empereurs de la dernière dynastie avaient établi leurs sépultures. C'étaient de véritables cités funéraires aménagées par les souverains pour leur servir de lieux de villégiature avant de devenir un jour une demeure éternelle. Ils les avaient ainsi agrémentés de pavillons gracieux où la cour pouvait prendre ses quartiers d'été au milieu d'un parc verdoyant. L'un des lieux que Tuân préférait était le havre paisible où l'empereur Tu Duc avait édifié sa tombe à l'ombre d'un bois de pins bordé d'un lac, au pied d'une esplanade majestueuse. Il appréciait aussi la sérénité du mausolée de Gia Long et de ses épouses que rien ne semblait séparer de la campagne voisine, où l'on voyait des colonnes de pierre dresser leurs suppliques impuissantes vers le ciel. Cependant, il se laissait le plus souvent distraire du charme de ces journées d'errance, car leur but inavoué était bien d'épuiser ses forces. Il pédalait de toute son énergie pour rentrer rompu de fatigue ; il buvait alors des litres d'eau, mangeait un morceau et lisait quelques minutes avant de s'endormir profondément.

Tuân était cette année-là en classe de terminale ; il obtint son baccalauréat aisément et sans l'excitation qui accompagne en général cette période. Son grand-père avait pris toutes les dispositions pour qu'il pût aller à l'université, aussi reçut-il de sa famille l'argent qui lui permettrait de partir. Il s'inscrirait en Lettres françaises : cela allait de soi pour lui, même si son choix suscitait l'étonnement, pouvant paraître vaguement anachronique. Après avoir reçu son diplôme, il se prépara pour le grand voyage. Il prit congé de ses oncles, de ses tantes et de ses cousins. Duy, qui était jusqu'alors étudiant à la faculté de médecine de Saigon, venait de passer son concours d'internat ; il avait trouvé un stage dans un service de pédiatrie à Huê, où il s'installerait à la prochaine rentrée. Cela signifiait qu'ils se croiseraient et n'habiteraient pas ensemble à la capitale. Le jour du départ, Duy proposa à Tuân de l'accompagner à la gare, mais celui-ci refusa par crainte de pleurer. Ils s'écriraient pour se donner de leurs nouvelles. Tuân prit le train en sachant qu'il partait pour longtemps, car il se sentait incapable de revenir à Shui dans la maison vide, sans Tiên ni Cô Anh.

VIII

C'était l'été 1954 : en juillet, les accords de Genève avaient abouti à un cessez-le-feu provisoire dans l'attente d'élections qui n'eurent jamais lieu. Le Vietnam fut séparé en deux États le long du 17e parallèle, et les espérances suscitées par ces nouveaux régimes furent aussi grandes que les désillusions qui suivirent. Au nord s'installa un régime communiste qui mit au pas toute la société à travers une révolution prolétarienne qui s'imposa par la violence. Au sud, le gouvernement libéral ne parvint pas à instaurer la démocratie promise ; la population était prise en tenailles entre l'instabilité de la jeune république et les pressions de ses alliés, au milieu des transformations sociales entraînées par la fin de l'Indochine française.

Tuân vécut cette période troublée en entrant dans sa vie d'étudiant. Il avait trouvé une chambre en bas de la rue Catinat, au dernier étage d'un immeuble ancien. C'était une simple pièce meublée d'un lit et d'un bureau, placés sous la pente du toit ; près de la porte, il y avait des étagères sur lesquelles il avait rangé ses livres et ses vêtements. Le seul charme de cette soupente monacale résidait dans la vue sur la rivière de Saigon ; chaque matin, il pouvait en admirer le ruissellement gris lorsqu'il prenait son café à la fenêtre, avant de descendre sur les quais.

Dès le lendemain de son arrivée, Tuân se mit à chercher du travail. Son grand-père lui avait laissé un peu d'argent, mais il ne pouvait faire ses études sans gagner sa vie. Il avait envisagé toutes les possibilités, de garçon de café à facteur ou commis d'épicerie, lorsqu'il remarqua une annonce à l'entrée de la bibliothèque où il venait s'inscrire. Elle était rédigée d'une écriture élégante et recherchait un employé sachant parler le français. Il nota l'adresse à laquelle elle renvoyait et s'y rendit sans tarder.

La maison se trouvait dans la rue Chasseloup-Laubat, non loin de la cathédrale Notre-Dame, dont l'architecture romane détonnait parmi les pagodes vietnamiennes. C'était une villa de style colonial séparée de la rue par une palissade de bois. Lorsqu'il arriva devant le portail, Tuân fit un geste pour sonner, mais il remarqua que le portillon était entrouvert : il poussa alors le portail et entra. De l'autre côté s'étendait un jardin de taille modeste. La pelouse fraîchement coupée était agrémentée de parterres d'orchidées blanches. Sous un bosquet de bougainvillées, une dame se reposait dans un fauteuil en bois exotique. Elle portait un chapeau à large bord qui lui cachait le visage. Il se dirigea vers elle ; lorsqu'elle se retourna, il fut frappé par la transparence de son regard bleu délavé. Il lui dit la raison de sa présence, et elle l'invita à se présenter.

C'est ainsi que Tuân fit la connaissance d'Éliane Delbo, la veuve d'un ingénieur venu travailler à la construction de routes en Indochine. Éliane et son mari Charles avaient beaucoup voyagé de la Cochinchine au Tonkin avant de s'installer à Saigon. Deux ans auparavant, Charles avait été mordu par un cobra alors qu'il faisait une prospection dans le delta du Mékong. Les collègues qui l'accompagnaient le conduisirent à l'hôpital le plus proche, mais c'était trop tard ; il fut emporté en quelques heures. On ramena son corps à Éliane, qui subit un choc violent dont elle ne se remit jamais. Croyant devenir folle, elle avait pensé tout quitter pour rentrer sans délai en France ; mais elle avait finalement résolu de rester au Vietnam, où elle avait vécu depuis son mariage et où se trouvaient la plupart de ses souvenirs heureux.

Depuis la perte de son mari, Éliane était prise de migraines ; il lui venait de vives douleurs dans les yeux, et elle ne voyait plus ni les formes ni les couleurs d'avant. Elle consulta des spécialistes qui lui diagnostiquèrent une maladie rare du nerf optique. Sa vue avait diminué jusqu'à un faible niveau ; elle avait l'impression qu'une brume s'était installée devant ses pupilles, rendant le monde aussi confus que son être intérieur. En allant un jour au marché, elle avait fait une mauvaise chute qui l'avait immobilisée plusieurs mois et dont elle peinait à se rétablir. Elle avait dû prendre une canne pour se déplacer ; cependant, conservant malgré tout le fond de gaieté qui constituait son caractère, elle avait fait décorer le pommeau d'une fée ailée et l'appelait son « bâton de marche » de sorte qu'elle fut toujours pour Tuân cette fée souriante, en dépit de sa démarche mal assurée.

Éliane avait alors une soixantaine d'années. Elle n'avait pas eu d'enfants et habitait seule dans la maison que son mari et elle avaient fait construire sur des plans dessinés ensemble. À son service, elle avait une cuisinière et un coolie chargé du ménage ; un jardinier venait de plus une fois par semaine pour entretenir les plantes. Son docteur lui avait conseillé de trouver une personne pour l'aider lors de ses promenades. L'idée lui avait d'abord semblé incongrue, mais, après réflexion, elle s'y était résolue parce qu'elle ne voulait pas rester enfermée chez elle dans l'appréhension de sortir et de tomber à nouveau.

Ce jour-là, Éliane interrogea Tuân sur sa famille et son enfance : il lui parla de sa tante Anh et des cousins avec lesquels il jouait dans le jardin de son grand-père ; il lui dépeignit les maisons de Shui, le travail des rizières ainsi que la région de Huê qu'il aimait parcourir à vélo entre la Citadelle et les tombes impériales. Lorsqu'elle lui posa des questions sur le choix qu'il avait fait d'étudier les lettres et ses projets d'avenir, il se rendit compte combien ils étaient flous et ne sut que répondre. Au fil de la conversation, une sympathie était née entre eux. Éliane était une femme sans artifice dont les traits lui rappelaient les portraits qui ornaient certains recueils de théâtre classique. Des reflets changeants animaient ses yeux bleu pâle, les faisant paraître clairs ou voilés selon les jours ; Tuân comprit plus tard que c'était un effet de sa maladie oculaire. Ses cheveux étaient bruns et veinés de fils blancs ; ils étaient coiffés en un simple chignon qui laissait échapper quelques mèches à la manière des jeunes filles. Elle avait une voix grave d'une grande douceur.

Lorsque Éliane lui demanda quelles étaient ses lectures préférées, il pensa aux contes qu'il avait découverts à l'école et avec sa cousine Tiên. Il lui parla aussi de son goût pour les romans et la poésie, celle de Nerval en particulier... Puis, après une hésitation, il lui dit qu'il avait écrit des vers en français, de peu d'intérêt sans doute, il ne se prenait pas pour Rimbaud, mais qui lui faisaient passer le temps. Éliane sourit et lui répondit que Charles, son mari, écrivait aussi des poèmes lorsqu'il était jeune, et qu'ils auraient eu plaisir à parler tous les deux de littérature. Les choses s'étaient ainsi décidées sans plus de cérémonie : Tuân pouvait revenir dès le lendemain, car elle ne chercherait pas d'autre personne pour le travail qu'elle proposait.

C'est ainsi que débuta pour lui un emploi qui n'en était pas vraiment un tant il avait peu de contraintes. Tuân venait deux ou trois fois par semaine chez Éliane, et sa tâche principale consistait à l'accompagner dans ses sorties en ville. Il marchait à ses côtés, sans lui donner le bras puisqu'elle s'appuyait sur son bâton de marche. Il devait simplement l'aider en cas de besoin et porter ses courses quand elle se rendait au marché. Éliane se plaisait à l'appeler son « chaperon » et lui assurait avec la meilleure foi du monde qu'il lui était d'une grande aide – d'une aide si précieuse, disait-elle, qu'elle ne pourrait se passer de ses services. En effet, dès les premiers jours, elle avait senti les scrupules de Tuân devant un travail aussi inhabituel. Il avait peine à accepter un salaire pour l'accompagner dans de simples promenades et craignait qu'on ne l'accusât d'abuser de la faiblesse de son employeuse. Quand il lui fit part de ses réticences à continuer, Éliane se récria : sans la présence de Tuân, elle n'oserait affronter les rues de Saigon – sa mauvaise vue serait cause d'une chute plus grave que la fois précédente –, sans compter qu'elle pourrait être bousculée par des passants et se retrouver victime de n'importe quel voleur à la tire. Éliane était dotée d'une sincérité et d'un entêtement qui rendait difficile de lui refuser quoi que ce fût. Elle ajoutait de plus en souriant qu'elle ne lui laissait pas le choix, aussi réussit-elle à le convaincre : Tuân garda ainsi son rôle de chaperon durant ses trois années d'université.

Il s'était développé entre eux une singulière amitié. Éliane et Tuân n'avaient jamais quitté le vouvoiement requis entre une dame respectable et un jeune étudiant. Cependant, la distance d'abord instaurée par le « vous » s'était peu à peu muée en une affection discrète qui transparaissait dans les attentions que chacun avait pour l'autre. Lorsque Tuân marchait près d'Éliane, il surveillait ses pas comme il l'aurait fait pour ceux d'une enfant. Quant à Éliane, elle se reposait sur lui ni plus ni moins qu'elle l'aurait fait sur un frère. Le vouvoiement n'était plus entre eux la marque d'un éloignement, mais l'indice d'une complicité – c'était le voile de pudeur qu'utilisait leur attachement pour mieux se dissimuler derrière la politesse. Tuân découvrait ainsi un autre aspect de ce « vous » qu'il aimait utiliser avec sa cousine dans leurs naïves conversations en français. Ce pronom n'était pas simplement doté de la signification décrite dans les grammaires, mais pouvait prendre un sens inattendu qu'il était ravi de saisir. Était-ce un effet de ce qu'on appelait *l'usage*, dont la magie capricieuse donnait ses colorations à la langue ? Il opérait en tout cas ce renversement qui fit prendre conscience à Tuân que les mots étaient les masques sous lesquels on déguisait ses sentiments, pas seulement aux autres, mais aussi à soi-même. Et si l'on voulait comprendre ce que l'on ressentait pour quelqu'un, il suffisait d'étudier la manière dont on lui parlait.

Dans leurs promenades, Éliane et Tuân suivaient souvent les mêmes itinéraires. De la rue Chasseloup-Laubat, ils traversaient les jardins de la ville, puis descendaient vers la rivière de Saigon. Si Éliane était en forme, ils longeaient les quais, puis remontaient la rue Catinat jusqu'à la cathédrale avant de rentrer. Une fois par semaine, ils allaient au marché. De temps en temps, ils prenaient un cyclo pour se rendre à Cholon ou dans un parc. La balade était généralement silencieuse, d'autant qu'Éliane avait tendance à s'essouffler. Mais sur le parcours, ils prenaient des pauses en s'asseyant sur un banc pour boire du lait de coco ou manger des fruits achetés à une marchande ambulante. Ils parlaient alors de tout et de rien, des études de Tuân et de la santé d'Éliane.

La situation politique alimentait aussi leurs conversations. La guerre d'Indochine était terminée depuis peu et les républiques du Nord- et du Sud-Vietnam tentaient de se construire. Il était étonnant de voir qu'à Saigon la situation ne changea pas autant qu'on aurait pu le croire après les accords de Genève, tant le Sud-Vietnam restait sous influence occidentale. Cependant, en dépit de ce qui opposait leurs pays, Tuân n'associait pas Éliane à la colonisation ou à une histoire qui les dépassait tous deux : la politique et l'humanité avaient pour lui des mesures différentes. Quand il marchait à ses côtés, ses pensées se fixaient sur ses pas et c'était plus important que les débats que suscitait leur relation. Dans le quartier, on s'habitua à voir cette dame à la démarche incertaine accompagnée d'un étudiant vietnamien. On les considérait en général d'un regard bienveillant, parfois avec un air d'ironie ou un vague sentiment de gêne. L'âge d'Éliane imposait le respect et créait de la distance ; il y avait de plus en elle quelque chose de mélancolique qui la protégeait des grossièretés. Une seule fois au cours de leurs promenades, des voyous les avaient pris à partie. L'un d'eux avait lancé : « Tu vois, la vieille Française et son chien, dommage que j'aie pas mon flingue. » Tuân s'était dirigé vers lui et l'avait poussé rudement – c'était la seule fois de sa vie qu'il avait failli se battre ; l'absurde dispute n'était pas allée plus loin parce qu'on les avait séparés. Éliane n'avait su que lui dire, et ils étaient rentrés, les yeux brillants, le cœur serré.

Un jour, Éliane demanda à Tuân où il en était de sa poésie. Il lui avoua qu'il n'avait pas écrit une ligne depuis qu'il était arrivé à Saigon, par manque de temps et de volonté sans doute. Son visage s'était assombri : l'écriture était fragile et il ne fallait pas la laisser s'éteindre. Éliane lui avait répondu que c'était dommage, et que le monde serait meilleur si les hommes qui avaient un jour écrit des poèmes n'avaient pas cessé de le faire – cela sembla fort candide à Tuân, qui ne put s'empêcher de le lui faire remarquer. Cependant, après y avoir réfléchi, Éliane lui avait suggéré une idée : étant donné que ses études ne lui laissaient pas le temps d'écrire, il pouvait tirer profit de leurs sorties pour penser à des poèmes qu'il noterait ensuite. Il n'avait besoin de rien d'autre que d'avoir l'esprit libre pour chercher ses mots. Tuân accueillit la suggestion avec scepticisme et, de fait, il ne fut pas capable de se concentrer assez pour trouver des vers à chaque promenade, mais il prit l'habitude de songer à des poèmes tout en marchant, une disposition qui ne le quitta plus et dont il lui demeura reconnaissant.

Parmi les endroits où il accompagnait Éliane, le Jardin botanique était pour lui particulièrement intéressant. Ils y allaient le plus souvent en fin d'après-midi pour en arpenter les allées jusqu'à la fermeture. Sous les palmiers, Tuân se plaisait à observer les ombres des arbres qui se mélangeaient à la clarté du jour déclinant. Ces formes s'animaient d'une vie obscure : elles dessinaient des reflets fantasques semblables à des personnages à l'encre de Chine naissant dans son imagination : entre les feuilles apparaissaient la chevelure de jeunes filles ou des visages de vieilles femmes ; elles racontaient des histoires silencieuses, sans début ni fin, jusqu'à s'épuiser dans la lumière rase du crépuscule. Tuân essaya de trouver des mots pour exprimer ces visions. À chaque fois que leurs silhouettes les accompagnaient, Éliane et lui, sous les branches des pruniers, il se figurait qu'elles s'arrêtaient pour admirer la mare aux lotus entourée de fins roseaux. Elles murmuraient des paroles indistinctes et traversaient le petit pont qui menait à un kiosque à musique ; là, elles s'installaient sous le toit pour se reposer ou dansaient au son d'une flûte. Puis elles reprenaient leur marche le long des bosquets, et on les apercevait parfois sur la cime des pins ou bien dans les feuillages.

Les images lui venaient naturellement : s'il fallait inscrire ces pensées dans un poème, Tuân parlerait de la brise qui soufflait dans le jardin, de l'harmonie des personnages, de leur étrange présence parmi les arbres en fleurs. Il fixa enfin ces vers :

Entre les branches d'aréquier,
J'ai vu danser les ombres folles,
Parmi les herbes de l'allée
Montait le chœur de leurs paroles :

Il semblait un doux chant secret –
Un souffle pur de feuille en feuille,
Le glissement de feux follets,
Mélancoliques sur le seuil

Des hommes…

Cependant, Tuân ne parvint pas à aller plus loin que l'enjambement du dernier vers et à trouver une juste fin pour ce poème. Il essaya plusieurs jeux de rimes qui ne trouvèrent pas sens et il ne sut comment concevoir la suite : la vision lui échappait, aussi ne termina-t-il pas le texte, qui rejoignit ses brouillons inachevés et les tentatives inabouties d'autres promenades.

Le travail que Tuân accomplissait auprès d'Éliane lui permit de vivre sans manquer de rien pendant ses études, et leur amitié le préserva de la solitude de la capitale. Tuân ne rentra pas une seule fois rendre visite à sa famille durant ses années d'université, ce qui était contraire à l'usage. Il écrivait de temps en temps à son cousin Duy pour lui parler de sa vie à Saigon et prendre des nouvelles de Shui. Leurs cadets avaient arrêté l'école sans poursuivre jusqu'au lycée ; ils ne voulaient pas rester des paysans et avaient trouvé un emploi en ville : Kim et Hào étaient coursiers dans une banque de Da Nang et Quang travaillait pour un négociant chinois de Hôi An. Après leur départ, leurs parents avaient fait appel à de nouveaux ouvriers pour les aider aux travaux des champs. Ses oncles et ses tantes prenaient de l'âge mais ils se portaient toujours bien. Duy suivrait sa dernière année d'internat et serait ensuite incorporé dans l'armée en tant que médecin militaire ; puis il se marierait. Malgré le temps qui s'écoulait, il n'y avait aucune nouvelle de Tiên et de Cô Anh.

IX

À l'université, Tuân commença des études de lettres qui lui ouvrirent un monde nouveau. Lui qui avait eu jusque-là des facilités en français découvrit un apprentissage bien plus ardu qu'il ne l'aurait imaginé. Certains étudiants s'amusaient d'ailleurs à dépeindre la conjugaison française comme l'entrée des Enfers où le passé, l'imparfait et le plus-que-parfait du subjonctif formaient les trois têtes du chien Cerbère – les verbes irréguliers étant les serpents de sa crinière et les exceptions grammaticales, sa queue de dragon. Cependant, la complexité n'était pas tant dans la variété des temps, des modes et des voix que dans le génie singulier de la langue. Tuân était fasciné par le rapport du français à la temporalité, dont l'expression reposait sur la distinction des trois époques : présent, passé et futur, permettant de multiplier les nuances d'antériorité, d'aspect ou de degré de réalité.

Cette structure était bien différente du vietnamien, qui, en comparaison, paraissait d'une simplicité enfantine. Dans la langue maternelle de Tuân, le verbe avait une forme unique et invariable, et le temps s'inscrivait dans des référents ajoutés au fil de la phrase, par exemple : hier, aujourd'hui ou demain. Ainsi, à la différence du français, le vietnamien ne visait pas tant à délivrer une expression du temps qu'à en produire l'impression chez les interlocuteurs – ce en quoi il n'était pas moins efficace, car cette disposition ne laissait pas davantage de place à l'ambiguïté. De plus, la langue vietnamienne ne reposait pas sur la distinction des trois époques, mais sur le sentiment de leur continuité considérée à partir du moment de l'énonciation. Là où le français demanderait : « Qui faisait, fait ou fera ce dessin ? », le vietnamien dit : *« Ai vè hình này ? »* à l'aide de son unique forme verbale *vè* qui n'appartient ni au passé, ni au présent, ni au futur ; et selon le contexte, l'énoncé peut signifier : « Qui a dessiné cette image ? Qui la dessine ? Qui la dessinera ? » Cette polyvalence alimentait le préjugé selon lequel le vietnamien était confus, au contraire du français précis et rigoureux. Mais le génie de ces deux langues était si distinct qu'il était absurde de les hiérarchiser. Ces singularités faisaient prendre conscience à Tuân de l'étrangeté du temps que l'on n'appréhendait que par l'intermédiaire des langues, de sorte que, pour cette question de même que pour d'autres, les facettes de l'énigme rayonnaient diversement selon le point de vue.

En plus de l'approche grammaticale, l'étude de la littérature fut elle aussi très nourrissante. Entre tous les siècles, Tuân conçut une affection particulière pour l'époque classique. Il fut charmé par la mesure solaire de la langue de Racine, en apparence si harmonieuse et siège de tant de passions. La beauté idéale s'incarnait pour lui dans les traits de Bérénice ; depuis les mots d'Antiochus – *Pourrai-je, sans trembler, lui dire : « Je vous aime » ?* – jusqu'au départ de la reine, il contemplait avec fascination la mécanique tragique et la musique des vers qui s'écoulaient avec la force d'un fleuve vers la mer. Il adora aussi l'esprit des *Maximes* de La Rochefoucauld, pleines de secrets disséminés dans la densité des aphorismes. Car cette œuvre, sous son aspect sévère, questionnait la nature insaisissable de l'homme, démystifiant ses artifices, mettant son cœur à nu, et révélait une foi en la Providence qui le touchait.

Parallèlement, il aima aussi la littérature du XIXe siècle dans ses dimensions les plus opposées : l'élan romantique de Victor Hugo autant que la lucidité implacable d'Émile Zola ou le tendre regard de Flaubert posé sur l'âme humaine. Il goûta les délices de la lecture de Verlaine ou de Rimbaud, porté par l'illumination des images et l'effraction de l'inconnu dans la réalité. Il ne fut pas rebuté par l'obscurité de la poésie symboliste, acceptant de ne pas en saisir le sens. De fait, il comprit à peine cinq ou six des *Poésies* de Mallarmé ; mais, en tirant quelque lumière de « Mes bouquins refermés », il ressentit la satisfaction du promeneur qui, après avoir gravi une pente abrupte sous la grêle, trouve abri sous un toit d'ardoises, même croulant, devant un panorama bouché. Enfin, entre tous les auteurs de cette époque, il s'attacha passionnément à Gérard de Nerval, qu'il lisait depuis quelques années déjà.

À travers lui, il approfondit ce qu'apportait la lecture, cette étrange errance qui lui avait donné de tomber amoureux. Lorsque Tuân avait lu pour la première fois *Les Filles du feu*, il avait été transporté par les portraits d'Angélique, de Sylvie, d'Adrienne ou de Jemmy... Il avait admiré leur beauté, tremblé au récit de leurs aventures, pleuré devant les malheurs qui avaient déchiré leurs vies de papier, prenant conscience que c'était dans un tel flamboiement que naissait l'existence. À présent qu'il avait grandi, il était moins attiré par l'histoire de ces femmes que par les libertés que prenait la folie de Nerval dans leur peinture. Tuân, qui avait perdu les personnes qui comptaient le plus pour lui, avait trouvé là une raison intime d'aimer ce poète : car, dans son œuvre, les êtres disparus renaissaient sous d'autres formes, en des lieux différents, avec de nouvelles vies... D'autant que ce qui passait pour folie en Occident n'apparaissait pas si impensable au Vietnam, où l'on croyait à la survivance des âmes. Ainsi dans *Sylvie*, la religieuse Adrienne aurait bien pu être la sœur dans une vie antérieure d'Aurélie la comédienne, et le sourire athénien de Sylvie révélait peut-être l'incarnation de la déesse dans un corps de mortelle.

Enfin, Tuân était tombé amoureux des personnages mais aussi des lieux de la jeunesse de Nerval : les forêts du Valois, sa campagne verdoyante, ses rivières limpides, ses fleurs sauvages, ses châteaux aux vitraux vermeils, ses nuits éclairées de mystères...

Ne pouvant les visiter, il se passionna pour leurs noms. Quand il rencontrait les mots *Oise* ou *Thève*, les boucles de leurs lettres se dessinaient dans son esprit avec la pureté du jasmin étoilé ; à *Senlis*, autre nom fabuleux qu'il ne s'imaginait pas pouvoir être un jour autre chose qu'un mot, mais une ville réelle, la fête du Bouquet provincial n'existait sans doute plus comme l'avait dépeinte Nerval, cependant Tuân se plaisait à se représenter ses cortèges de jeunes filles tressant des guirlandes comme des figures en dentelle du Valois, un art dont l'usage se perdait déjà à l'époque de Sylvie, mais qui les cristallisait dans une délicatesse éternelle.

Le souvenir du charme exercé par ces noms de villes et de rivières fit resurgir à l'esprit de Tuân l'image de sa première promenade dans la forêt de Chantilly. Au lendemain de son arrivée en France, alors qu'il venait de quitter son pays en guerre, Tuân avait découvert ce lieu avec une émotion inexprimable. Il faisait alors un temps d'orage, et, quand il vit le ciel gris et lourd au-dessus des arbres, qu'il entendit gronder le tonnerre, il fut rempli de plus de joie que si l'atmosphère avait été paisible : il n'y avait plus entre lui et le pays de Sylvie – cette clarté innocente dont il avait si longtemps rêvé que les nuages et la pluie, semblables à un voile qui sépare la mort de la vie. À la question de savoir s'il aurait pu être déçu par un lieu si longtemps fantasmé, la réponse était que ce n'était pas possible : ce jour-là, il arpenta la forêt de Chantilly comme il aurait cheminé dans le temps, le rêve ou l'espace d'un livre. Ce qu'il avait aimé dans la poésie de Nerval n'était pas dans une vaine nostalgie ou quelque forme susceptible de tromper son attente, mais c'était la lumière du soleil elle-même, le frémissement des feuilles sous la brise, la sensation de verdeur des chênes, l'odeur de la terre humide sous ses pas – quelque chose d'éphémère, car la nature ne resplendissait pas deux fois de façon identique, et d'éternel, car l'astre qu'il contemplait sous son voile de brumes avait brillé jadis sur le jeune Nerval et brillerait jusqu'à la fin des temps dans les pages des *Filles du feu*.

Cependant, la pensée de cette première visite de la forêt de Chantilly le ramena au jour présent. En ce frais matin de mars, Tuân cherchait toujours les jonquilles du printemps. Il avait suivi les allées boueuses, bordées d'arbres encore glacés dans la torpeur de l'hiver. Ils étaient sombres et humides ; leur écorce était veinée de mousses qui se rassemblaient ici et là en îlots verdâtres. Sur les troncs engourdis par le froid, les lichens dessinaient des formes fascinantes : certaines semblaient lépreuses et d'autres avaient la douceur des algues marines. Les branches étaient encore grêles ; en levant les yeux, on apercevait dans les hauteurs des boules de gui aux tiges enchevêtrées dont la vitalité tranchait avec le visage ombrageux du ciel, sous les nuages pâles.

Le chemin qu'empruntait Tuân traversait un bois de pins. Alors qu'il avançait sous l'abri des branchages, il sentit la lumière du jour s'obscurcir, tandis que l'air devenait plus frais et se remplissait de l'odeur des résineux. Sur le sol, des aiguilles sèches formaient un tapis craquant et moelleux. Il ramassa une pomme de pin : ses écailles brunes surmontées d'une tache d'un marron plus vif s'enroulaient en spirale autour de la pointe en dessinant une forme allongée ; elles étaient ouvertes et laissaient échapper des graines emprisonnées dans une ailette translucide. Il serra dans sa main ce fruit pétrifié, puis, en ressortant du bois de pins, il se retourna et la lança sur un grand épicéa. Le bruit sourd de sa chute surprit des oiseaux qui s'envolèrent dans un cri léger ; leurs ombres tournèrent au-dessus des cimes avant de disparaître.

Ce fut un peu plus loin, au bord du chemin, qu'il vit apparaître la première jonquille. Elle avait percé sur un lit de feuilles mortes et semblait un phare sur des terres brunes. Tuân fut saisi par la clarté de cette apparition : sa silhouette était gracieuse, sa carnation diaphane ; sa tige vert tendre se confondait avec ses feuilles naissantes ; son fin bourgeon était penché vers le sol et ouvrait un pétale qui avait la légèreté d'une aile dorée. À côté d'elle, il vit une deuxième fleur, puis de nombreuses pousses vertes entre les racines des hêtres et les mûriers rampants ; certaines avaient fleuri : elles portaient une couronne jaune vif, entourée de pétales d'une teinte plus claire, et poussaient par bouquets de deux ou trois, ou parfois solitaires – c'était pour lui l'image même de la beauté printanière.

Le mot *jonquille* se présenta à ses yeux, sonnant avec douceur à l'oreille. Considérant les syllabes de ce nom, il se dit que chaque lettre avait dû être dessinée par un pinceau céleste pour refléter la fleur elle-même – le *j* avait la droiture souple d'une tige qui s'élevait dans l'air, le *o* s'enroulait avec la perfection d'un bracelet de jade. Le *n* disait la vitalité de la naissance, le *q* dessinait la rondeur du bulbe et de ses racines s'enfonçant dans la terre. Le *u* était la couronne intérieure de la fleur, le *i* suggérait la vivacité du jaune citron. Les deux *l* avaient la fluidité limpide de la sève, le *e* était le jaune plus clair des pétales. Le mot était à l'image de la chose qui se trouvait sous ses yeux. À mesure qu'il avançait, il vit de nouvelles jonquilles dans le sous-bois : elles lui semblaient une ronde de dryades, les compagnes d'Eurydice, errant dans cette forêt du Valois ; elles marchaient vêtues de tuniques transparentes, les cheveux tressés de lierre ; elles dansaient dans la joie de la saison, alors que s'élevait de leurs lèvres un chant mélodieux. Il les suivit un moment, jusqu'à prendre conscience qu'il n'était que le jouet de son imagination ; aussi, comme un dormeur à demi éveillé essaie de diriger le dénouement d'un rêve, il guida en esprit les nymphes vers des tiges de genêt où elles s'évanouirent en silence.

Tuân avait atteint le but fixé à sa promenade : voir les premières jonquilles de l'année. Cependant, il était envahi d'une sorte de mélancolie, un goût amer d'inachevé. Le ciel était subitement redevenu sombre, la forêt inhospitalière ; le tonnerre gronda sous le couvert des nuages. Il était prêt à rebrousser chemin lorsqu'il entrevit par hasard une clairière.

Elle était protégée du chemin par la futaie à travers laquelle ses pas l'avaient conduit ; peut-être avait-on déboisé après une tempête pour creuser ce cercle de verdure ? Entre les arbres, il observa avec surprise que des jonquilles s'y étaient déployées en abondance, fleurs-soleils entrelacées sur l'herbe – certaines ouvraient des pétales éclatants, d'autres cachaient leurs fins bourgeons – leurs robes se mélangeaient en une constellation soyeuse ; il fut transpercé par cette vision qui l'atteignit en un éclair et par ces étoiles au frais parfum, aussi douces que la chevelure des nymphes qu'il avait un instant entraperçues. Étreint par cette beauté, il se laissa glisser à terre, sans oser les effleurer de la main, à contempler la lumière qui brillait du sol éclairant le ciel obscur.

Une ombre sur le chemin
sous la brise ténébreuse

ton visage éternel

Sur les prés verts et bleus
des étoiles d'œnanthes –
le lait et le miel

Où es-tu –

dans la grâce de l'été
la mer de sel
chantait

Le parfum des bois fleuris –
les jacinthes sauvages
et les feuilles
baignées
de ros é e

X

Après la partition du Vietnam, un semblant de paix était revenu à Saigon et dans le sud du pays. Tuân bénéficia de ce climat pour ses études, qui se déroulèrent dans une relative insouciance entre les cours, les révisions et les examens qui lui donnèrent sa licence ès lettres françaises. Après l'obtention de son diplôme, il devait rejoindre l'armée et être envoyé au front. Cependant Éliane, qui connaissait des officiers de haut rang à l'état-major, fit le siège de leurs bureaux et ne les laissa pas en paix avant d'avoir pu le faire nommer dans la capitale. Il se trouvait qu'on recherchait un traducteur de français au service des Transmissions, et rien ne résista à l'entêtement grâce auquel elle réussit à faire recruter Tuân à ce poste. Il prit ainsi ses fonctions à l'automne 1957, avec le soulagement et le sentiment de culpabilité de l'appelé qui échappait, fût-ce provisoirement, au feu.

Son travail consistait à traduire et à rédiger des courriers échangés avec l'administration française. Il ne traitait que l'ordinaire : lettres officielles, invitations, comptes rendus, revues de presse… Rien de bien passionnant ni de confidentiel, car les informations stratégiques passaient à un plus haut niveau que le sien ou par le Deuxième Bureau, le laissant ainsi dans la tranquillité d'une situation subalterne. Il était installé dans un bureau solitaire. Sa table se calait devant une fenêtre entrouverte. Sur une étagère, on avait mis à sa disposition quelques manuels de grammaire et un dictionnaire de langue française. C'était le Littré, dont il feuilletait tous les jours les volumes allongés et dans lequel, pour le sens de chaque mot, il prenait plaisir à considérer les nuances qui contribuaient moins à le définir qu'à le lui rendre plus énigmatique.

S'il avait à traduire la phrase « Le commandant H. prendra part à la réunion du… au cours de laquelle seront traitées des affaires importantes », le mot *affaire* resplendissait d'une profondeur nouvelle lorsqu'il lisait dans le Littré cette occurrence sous la plume de La Bruyère : « Nous devons travailler à nous rendre très dignes de quelque emploi : le reste ne nous regarde point, c'est l'*affaire* des autres », ou dans *La Nouvelle Héloïse :* « J'ai appris qu'il avait eu quelques *affaires* en Italie et qu'il s'y était battu plusieurs fois. » Ce mot semblait avoir traversé le temps, depuis l'âge classique jusqu'au siècle des Lumières, de la maison du Grand Condé à l'ermitage de Montmorency, pour arriver sur sa feuille ; c'était comme un coquillage ballotté dans l'océan et déposé sous son regard : il pouvait en admirer l'enveloppe miraculeusement intacte, la spirale gracieuse, les stries nacrées, en goûter la saveur marine, et quand il le portait à l'oreille, être absorbé par sa résonance.

Sa tâche était ingrate, car, pour transposer ce terme d'*affaires* en vietnamien, le mot *việc* lui semblait un peu besogneux, *truyện* trop littéraire, *đồ* imprécis. Ce vocabulaire appartenait à une tradition différente – celle de Nguyen Du et de Han Mac Tu, de sorte que traduire était toujours transformer ; il n'y avait pas de solution à la difficulté, si ce n'était l'évitement, la moindre maladresse. En faisant ce travail, Tuân se rappelait parfois les mots de son oncle, qui lors de son départ pour le Nord l'avait accusé d'être un traître à la patrie. Pour Chinh, le français n'était que la langue de l'ennemi, marquée par la honte de la colonisation. Mais pour Tuân, c'était aussi la langue des Lumières, celle de Julie et de Saint-Preux, où se reflétait une musique pure. Il était peut-être un *Việt gian*, mais il ne se sentait pas plus traître que ses traductions. Tuân était amoureux de la langue française d'une façon indéfectible.

Après sa journée de bureau, Tuân allait souvent rendre visite à Éliane pour l'emmener se promener. Leurs relations restèrent à peu près inchangées, sauf que Tuân ne venait plus pour le travail. Ils partaient traditionnellement vers les quais ou le Jardin botanique, s'asseyaient à l'ombre de palmiers et achetaient des fruits ou des glaces. La vue d'Éliane s'était stabilisée et elle se portait mieux qu'au moment où ils avaient fait connaissance. Le chagrin depuis la mort de son mari restait entier, mais il s'était réfugié derrière la bienséance ; elle s'était aperçue combien son deuil dérangeait les gens, aussi, pour éviter les questions et les consolations qui l'attristaient encore davantage, elle avait caché sa peine derrière la gaieté qui lui était peu à peu revenue. Tuân comprenait ce sentiment, et il n'avait pas besoin d'entendre parler constamment de Charles pour savoir combien il restait vivant pour elle.

Hormis ces visites, Tuân passait ses soirées dans la chambre d'étudiant qu'il avait gardée. Il dînait dans la rue ou achetait un plat à emporter. Puis, en rentrant chez lui, il s'installait dans son fauteuil pour lire des journaux ou un livre emprunté à la bibliothèque. Il avait récupéré dans une école un bureau en bois hors d'usage qu'il avait réparé et polissait de temps en temps à la cire d'abeille. Il s'y asseyait pour travailler sur les textes qu'il n'arrivait pas à achever. Avec les années, ses « Odelettes » avaient perdu l'intensité qu'elles avaient eue pour lui : elles étaient devenues un jeu littéraire parmi d'autres et ne représentaient plus le lien qu'il avait d'abord rêvé avec sa cousine, peut-être parce qu'il n'y croyait plus guère. Tuân mesurait le caractère dérisoire qu'il y avait à essayer d'écrire des poèmes à la manière de Nerval dans un pays divisé en deux, où la guerre ne cessait de menacer, mais il ne pouvait faire autrement.

Il recherchait des traits imprécis, une couleur, des senteurs qui se dérobaient... Il imaginait pour le tableau d'ouverture un paysage marin : un homme sur une jonque glissant sur des eaux grises. Puis il y aurait des scènes disparates : un chemin en forêt, un parc aux arbres centenaires, une petite fille qui lui rappellerait Tiên : ses jeux dans le jardin, puis sur la plage, des châteaux de sable au bord de la mer… Toutes ces images formaient dans son esprit un ensemble décousu dont il n'avait pas la clé. Lorsqu'il avait commencé à écrire, il s'était senti porté par une évidence et la joie de tenter quelque chose. À présent, il se heurtait à la difficulté de trouver quoi dire ; il ne se sentait pas légitime et ne voyait pas le sens de ce qu'il faisait. Ses tentatives se résumaient souvent à des morceaux de texte qui restaient suspendus dans le vide. Elles le laissaient abattu, et après un nouvel essai où il éprouvait son impuissance, il fuyait la solitude de sa chambre en sortant pour une promenade nocturne dans la ville.

En descendant sur les quais, Tuân suivait la rivière de Saigon vers l'ancien arsenal ou en direction de l'arroyo chinois. Dans la rue, il pouvait goûter la fraîcheur du soir et essayer de ne penser à rien. Il écoutait résonner le bruit de ses pas sur la terre sableuse, et laissait son regard errer sur les vagues qui se brisaient sur la berge. Des effluves épicés s'élevaient parfois d'un brasero où des marins faisaient griller des brochettes près des bateaux. Leurs voix étaient égayées par l'alcool de riz et les filles qu'ils avaient conviées pour la nuit. Plus loin, près des hangars des docks, des corps fantomatiques gisaient, appuyés contre des caisses de marchandises. Une étreinte à la dérobée leur avait rappelé qu'ils étaient vivants ; puis les filles se rhabillaient et disparaissaient dans le noir, tandis que les hommes s'endormaient, assommés par l'ivresse. On croisait des chats sauvages qui s'enfuyaient en entendant les passants, avant de s'arrêter à quelques pas pour les fixer de leurs yeux luminescents.

Tuân se disait que cette rivière sombre ressemblait peut-être à la Seine, non pas à Paris qu'il s'imaginait tout illuminé de lampadaires, mais plus près de l'estuaire du fleuve, dans l'une de ces bourgades normandes dont le nom se terminait en « ville » et qui peuplaient les livres de Flaubert. Il lui revint ainsi à l'esprit Colleville et Hennequeville, où se déroulait l'histoire d'*Un cœur simple,* la nouvelle qu'il préférait entre toutes. Ces noms lui semblaient renfermer la fraîcheur des soirs d'été, les champs d'avoine durant la moisson et la clarté des étoiles au mois de juin. Il se rappela un passage qu'il avait appris par cœur au lycée pour en saisir toute la beauté : « Presque toujours on se reposait dans un pré, ayant Deauville à gauche, Le Havre à droite, et en face la pleine mer. Elle était brillante de soleil, lisse comme un miroir, tellement douce qu'on entendait à peine son murmure ; des moineaux cachés pépiaient, et la voûte immense du ciel recouvrait tout cela. » Ces phrases disaient le temps du bonheur – lorsque Félicité avait encore son neveu bien-aimé Victor, et que la petite Virginie ne lui avait pas été enlevée. Le cœur de Tuân se serra à l'image de l'enfant sur son lit de mort – Félicité qui l'avait veillée deux nuits, avait baisé ses pauvres yeux qui s'enfonçaient déjà, et elle n'aurait pas été étonnée, non plus que Tuân en lisant ces pages, de la voir rouvrir les paupières et se réveiller.

Les rêveries de Tuân le menaient ainsi à Trouville, à Paris ou ailleurs jusqu'au moment d'arriver devant le port. Là se trouvaient amarrées des barques de pêcheurs qui donnaient parfois abri à toute une famille : sur le pont, des perches de bambou étaient recouvertes de linge et d'ustensiles de cuisine. Les flots berçaient le sommeil paisible des passagers et, de temps à autre, on entendait les pleurs d'un bébé et la voix de sa mère qui chantait une berceuse pour l'endormir. À côté, il y avait des jonques plus effilées qui étaient utilisées pour le travail au marché et transportaient des légumes, des fruits ou du poisson séché dont l'odeur se mélangeait à celle de la marée. Au bout du quai, Tuân s'appuyait sur un parapet. Sous ses yeux, l'eau s'animait d'une vie surnaturelle ; elle charriait des flots obscurs et emportait avec elle les songes des promeneurs. Ses pensées se mêlaient au flux des vagues et à leur murmure secret. Sur la rivière, le reflet des étoiles ressemblait aux fleurs pâles d'une tapisserie ancienne – à maints endroits, le tissu avait vieilli, l'or s'était altéré, le fil avait disparu, décousant les motifs autrefois tissés, rendant invisible l'image qui ornait le ciel ; mais, à travers ces traces, le regard pouvait rechercher dans le noir l'énigme des formes enfuies.

XI

Tuân était parti pour Saigon à l'âge de dix-huit ans et, depuis lors, il n'était pas rentré à Shui. Il avait continué à correspondre avec son cousin Duy pour ne pas perdre tout lien avec sa famille, en attendant de Cô Anh et de Tiên des nouvelles qui ne venaient pas. Durant les premiers mois de leur séparation, Tuân n'avait cessé de penser à elles, redoutant le pire, surtout pendant la dure bataille de Diên Biên Phu. Mais, après la victoire du Viêt-Minh et l'instauration de la république du Nord, en raison d'une légèreté qui l'inclinait à se rassurer en se délestant d'un poids trop lourd, il avait fini par se laisser convaincre que rien d'irréparable n'avait dû leur arriver. D'après les rescapés de la guerre coloniale, les jeunes enfants et leurs mères restaient loin du front. De plus, considérant la direction que prenait la République communiste, Tuân s'était persuadé que son oncle n'avait pu être sacrifié sur le champ de bataille. Il avait certainement combattu avec les simples soldats pour l'exemple, puis on avait dû lui confier des fonctions de cadre au sein du parti : sa formation de juriste le rendait utile à l'heure des procès politiques, aussi sa famille avait-elle dû bénéficier de sa situation.

Après l'installation de Tuân à Saigon, sa vie d'étudiant était passée au premier plan, avec son travail, ses espaces de liberté et ses contraintes. La pensée de Tiên et de Cô Anh s'était peu à peu éloignée de lui. Si elles étaient encore présentes à son esprit, c'était avec moins de force. Il s'imaginait qu'il les retrouverait un jour, lorsque la paix serait revenue, à Hanoi ou Saigon. Les jours d'optimisme, il se représentait même le bonheur de vivre de nouveau avec elles à Shui dans la chaleur de la maison familiale, et il s'attachait davantage à l'espoir que la tendresse qui les reliait serait demeurée intacte plutôt qu'à l'idée de leur disparition. Aussi, quatre ans après leur départ pour le Nord, lorsqu'il reçut une lettre de Duy lui annonçant la mort de Tiên et de Cô Anh, ce fut un choc immense.

C'était un ancien collègue de l'oncle Chinh qui avait prévenu sa famille. L'histoire était confuse, ou peut-être la peine qui envahit Tuân ne lui permit-elle pas de comprendre. L'homme, qui avait rejoint le maquis en 1946 et s'en était récemment enfui, avait fait la connaissance de Cô Anh dans le village où elles s'étaient installées. Il avait raconté qu'après son arrivée Tiên avait intégré un groupe de jeunes révolutionnaires, qu'on employait à diverses tâches. Un jour qu'elle travaillait à la construction d'un camp, elle s'était blessée en tombant dans un fossé d'eau boueuse. On crut d'abord que c'était une simple écorchure, mais la plaie se révéla plus profonde qu'il n'y paraissait. Elle s'était infectée et n'avait pu cicatriser. Son père l'avait confiée au guérisseur du village, un charlatan qui lui avait donné à boire des décoctions de plantes. Puis il lui avait saigné les jambes et le dos pour expulser le mal, mais cela n'avait fait que l'aggraver. Il avait aussi refusé qu'elle prît des antibiotiques – ou peut-être le commissaire politique les réservait-il à des gens plus importants ? Tiên fut prise de fièvres et mourut de septicémie au bout de quelques semaines. Tuân se rappela les dernières paroles de son père avant de quitter Shui – qu'elle serait donnée à un illettré, et il fut glacé de voir que ses paroles s'étaient ainsi réalisées.

L'homme leur avait aussi dit que Cô Anh était tombée enceinte l'année qui suivit son arrivée au village. Par malheur, elle avait contracté une maladie – il ne savait laquelle, on ne s'épanchait pas sur ces choses-là – qui avait créé des complications. Cô Anh, affaiblie, avait essayé de soigner Tiên jusqu'au dernier moment, demandant pour sa fille des soins qu'on avait refusé de lui donner. Elle s'était effondrée à sa mort et avait été emportée quelques jours après, avec le bébé qui n'était de toute façon pas viable. Cela s'était passé durant leur deuxième hiver dans le Nord ; la mère et la fille avaient été enterrées ensemble dans le cimetière du village. L'homme leur avait dit enfin que Chinh et son fils Thao étaient partis quelques mois plus tard recevoir un entraînement militaire en Chine, il ne savait ce qu'il était advenu d'eux par la suite.

Tuân fut dévasté par cette lettre qui le transperça de désespoir. Il ne pouvait plus rien faire – ni se lever, ni marcher, ni réfléchir. Il n'avait plus de force pour rien, sinon pour pleurer – la mort de Tiên et la perte de Cô Anh et de son bébé lui étaient insupportables. Mais, plus que la peine, une colère grinçante lui tordait le cœur – pourquoi son oncle n'avait-il pas envoyé sa femme et sa fille à l'hôpital, et les avait-il laissées mourir ? Il le haïssait de cette négligence impardonnable, d'autant plus que, dans le cas de Tiên, le pire aurait pu être évité grâce à un vrai médecin : une adolescente qui meurt d'une infection à la jambe parce qu'elle a été traitée avec des tisanes et des saignées malpropres – c'était une absurdité, un comble de la bêtise humaine. Tuân demanda une permission pour rentrer dans sa famille, ce qui lui fut accordé sans difficulté.

Quelques jours après, il prit le train pour Huê, faisant le chemin inverse de celui qu'il avait parcouru quatre ans auparavant, ne pouvant alors envisager que son premier retour serait marqué de tant de tristesse. Arrivé à la gare, il trouva une carriole qui faisait la navette entre Huê et les villages des environs, transportant passagers et marchandises. Tuân s'assit entre des sacs de riz et n'échangea pas un mot avec les autres voyageurs. Il garda les yeux fermés sur la plus grande partie du chemin, n'ayant pas le courage de regarder le paysage. Du reste, il le connaissait par cœur : les sentiers de terre, le miroir des rizières, leur odeur de liseron d'eau. À mesure qu'il approchait, il devinait en pensée le ciel au-dessus du jardin, les nuages qui s'accrochaient aux branches du plaqueminier, les bougainvillées violettes, les roses aux mordantes épines. Il n'ouvrit les yeux que lorsqu'il sentit que la route caillouteuse laissait place à un terrain plus meuble et que la voiture s'immobilisa devant la maison.

En descendant de la carriole, Tuân constata que le jardin familial n'avait pas changé. Cependant, les lieux lui semblèrent sombres et vides, car, dans ses souvenirs, il y avait toujours des enfants à jouer dehors ou quelque ballon oublié sur la pelouse, mais c'était pour ainsi dire dans une vie antérieure. Tuân entra dans la paillote où il avait habité avec son grand-père et reconnut les visages familiers : les messieurs étaient installés sur la terrasse et buvaient une tasse de vin de prune, tandis que leurs femmes préparaient le repas vêtues de leur éternelle tunique de paysannes. Ils étaient seuls désormais : leurs enfants travaillaient en ville. Ses oncles Hai et Hiêu se levèrent, et ses tantes Lan et Hông vinrent l'embrasser. Et, dans tout ce qui se dit d'inutile, d'inconsidéré, de bancal dans le deuil, rien ne fut oublié ; car la peine dominait ce jour, et il n'y avait de place pour rien d'autre. Tuân n'avait d'abord pas osé jeter un regard sur l'autel des ancêtres qui se trouvait au milieu de la pièce et l'attirait tel un aimant. Lorsqu'il réussit à tourner la tête vers lui, il vit que la disposition des portraits n'avait pas changé : son grand-père était au milieu, près de sa grand-mère et d'autres personnes qu'il n'avait pas connues ; il y avait les visages sereins de ses parents et ce qu'il craignait de découvrir : près des autres défunts de la famille, une photographie de Cô Anh était apparue.

Elle avait été prise bien des années auparavant ; Cô Anh était toute jeune et, dans ses bras, elle portait Tiên qui n'avait pas plus de trois ans. En l'absence de dépouille, il restait ce portrait. Sur l'image, la seule en couleurs à la différence des autres en noir et blanc, le visage de Cô Anh rayonnait. Elle portait une tunique jaune et avait placé dans ses cheveux une fleur de citronnier. Au contraire de sa mère, Tiên ne souriait pas mais considérait l'objectif d'un air inquiet. Elle était vêtue d'un pyjama lilas ; elle n'avait pas voulu s'habiller autrement ce jour-là, quand le photographe était venu, car sa tenue lui plaisait avec ses poches en forme de nuages où elle aimait glisser des jouets. Tuân ne parvenait à détacher son regard de cette image du bonheur enfui.

Hiêu lui dit qu'on avait célébré pour elles une cérémonie à la pagode le jour même où l'on avait su. On leur avait consacré des offrandes et prié pour leurs âmes pendant sept jours et sept nuits. Ses tantes lui dépeignirent les rites funèbres, mais leurs paroles ne parvenaient pas à atteindre l'esprit de Tuân. Il n'avait pas la force de se représenter leur terrible fin, et voulait garder de Cô Anh le souvenir de la jeune femme dont la beauté éclairait l'autel – et de Tiên l'image de la petite fille qu'il aimait. Pour ne pas devoir penser qu'elle était morte, il essaya de se rappeler le matin de son départ et le moment où il l'avait prise sur ses genoux. Il avait plongé le visage dans ses cheveux qui sentaient le pamplemousse des bains de l'enfance : Tuân tenta de se remémorer ce parfum, d'imaginer des mots pour le dire – c'était un souffle pur, une douce brise – s'il y avait une couleur pour l'exprimer, ce serait un rose orangé. Mais ces pensées étaient ridicules, il cherchait des phrases au lieu d'affronter la réalité ; une fois de plus, il était incapable de trouver les mots justes et une manière de noyer encore une fois son regard dans sa chevelure.

Les tantes de Tuân servirent un déjeuner rapide parce que leurs maris devaient retourner aux champs ; elles-mêmes étaient occupées à tamiser le riz et reprirent leur travail, installées sous un auvent face à la maison. Tuân sortit alors faire quelques pas dans le jardin, incapable de rester devant l'autel funeste. Sous le ciel couvert, un paysage morne s'offrit à ses yeux. La pluie de mousson avait détrempé le sol, et la boue rendait le terrain impraticable. Les arbres avaient l'air fatigué : on avait coupé des palmiers malades ; les bambous et les mandariniers taillés à vif peinaient à repousser ; le plaqueminier élevait toujours son feuillage vert, mais le mystère l'avait déserté. Les fleurs avaient perdu l'éclat d'avant son départ pour Saigon : les œillets étaient fanés, les camélias et les pivoines se flétrissaient parmi les mauvaises herbes. Il cueillit un litchi sur une branche et, après l'avoir porté à sa bouche, il en recracha la chair acide.

Tuân ressentit le besoin de quitter au plus vite cet endroit et résolut d'aller rendre visite aux tombes familiales. Sans prendre le temps de dire à ses tantes où il allait, il quitta le jardin et prit la direction du cimetière, qui se trouvait à une heure de marche. En chemin, il croisa une vieille paysanne aux dents laquées de noir selon l'antique tradition. Elle sourit à Tuân de sa bouche luisante d'ombre dont la vue le fit tressaillir. Elle avait déposé sa palanche sous un arbre pour se reposer. Dans ses corbeilles, elle portait des fruits et des fleurs de lotus au marché. Il lui en acheta une brassée et reprit sa route en silence, sans remarquer qu'elle le suivait du regard, esprit hideux et bienveillant, s'interrogeant sur ce triste jeune homme qui semblait de passage.

XII

Le cimetière se situait entre des champs de blé et formait un vaste carré, planté de banians et de canneliers. Lorsque le vent soufflait, on voyait l'ombre légère de leurs branches se balancer sur les sépultures. Vers l'orient, deux lions de pierre en gardaient l'entrée et fixaient l'horizon de leurs yeux de feu. Petit, Tuân s'amusait à mettre les doigts dans leurs gueules grimaçantes ; et, en sentant leurs dents fraîches d'humidité, il se demandait toujours si les monstres le laisseraient repartir.

Sa dernière visite remontait à bien longtemps ; il se dirigea vers les tombes de ses parents et de son grand-père, qui se trouvaient dans l'espace central, près d'un stupa de marbre bleu entouré de monuments bigarrés. En revoyant ces lieux, il se dit qu'il ne pouvait toujours pas comprendre ni accepter leur disparition. Il se figurait qu'ils avaient simplement fermé les yeux un jour, et qu'après une errance dans les limbes ils s'étaient réveillés sous d'autres cieux – ou bien étaient-ils là tous les trois, invisibles, et observaient-ils le travail des paysans en écoutant le murmure des blés ? Il aurait donné n'importe quoi : sa vie, sa raison, son avenir, pour pouvoir de nouveau tenir la main de son grand-père comme les jours qui avaient précédé sa mort. De même, il aurait tout donné pour s'être réveillé la nuit où les voleurs étaient entrés dans sa maison – quelque chose en aurait-il été changé ? Les circonstances sont capricieuses ; il suffit parfois de peu de chose : un bruit de pas, des pleurs d'enfant, et peut-être se seraient-ils enfuis ? Ou, si sa mère l'avait tenu dans ses bras, elle ne serait pas allée au-devant des inconnus dans le noir ; son père serait resté près d'elle.

L'histoire aurait pu être toute différente : les visiteurs seraient repartis dans la nuit, il ne serait resté que la frayeur. Il n'y aurait pas eu de crime, pas de pendus, pas d'âmes perdues à jamais. Plus tard, Tuân ne serait sans doute pas parti seul pour la France. Si ses parents avaient été vivants, il serait resté au Vietnam, ou alors il aurait trouvé le moyen de les emmener avec lui. Tout petit déjà, il aimait les vieilles personnes ; il regardait avec tendresse leurs corps devenus maladroits et leurs gestes peu assurés. Il trouvait une grâce émouvante à leur regard perdu, lorsqu'ils avaient laissé échapper un objet ou le fil d'une conversation qu'ils n'entendaient plus. Il ne pouvait supporter que son grand-père fût mort et que ses parents ne soient pas là.

Tuân était resté un long moment devant les trois tombes. Il avait brûlé des bâtons d'encens et les avait plantés dans un pot en faïence rempli de grains de riz. Après avoir fait les prières rituelles et invoqué les âmes des disparus, il trouva un vase qu'il remplit d'eau. Il y disposa les fleurs de lotus qu'il avait apportées. Elles étaient en bouton, une seule commençait à ouvrir ses pétales blancs veinés de jaune ; elles allaient rester là quelques jours, s'épanouir avant de se faner à leur tour. Tuân ne parvenait pas à repartir ; il s'assit au bord de la sépulture de son grand-père, devant laquelle était posée une assiette de fruits. Elle était bordée d'une stèle rose gravée de caractères nôm et d'un phénix aux ailes déployées. Cette forme lui rappelait des légendes anciennes et les fêtes du Nouvel An, où l'on emmenait les enfants voir les danses des dragons, les lampions de couleur, les pétards multicolores. Mais curieusement, cet animal lui évoquait aussi autre chose. Il rechercha dans sa mémoire une image dont il avait peine à se souvenir. Il crut qu'il ne la retrouverait pas avant de prendre conscience qu'elle lui faisait penser aux motifs de certaines tuniques de mariage. Tuân pensa que sa mère avait certainement porté, ainsi que le voulait la coutume, une *áo dài* de soie rouge ornée de la silhouette gracieuse d'un phénix dont la tête se dressait vers le ciel, avec ses dents pointues et de longues moustaches. Mais il ne pourrait jamais en être sûr, ni tenir cette robe entre ses mains, puisqu'on l'avait brûlée à sa mort. En effet, après l'enterrement de ses parents, on avait déposé sur un autel leurs affaires les plus précieuses, recouvertes de liasses de feuilles d'or ; puis on y avait mis le feu pour que toutes ces choses puissent les suivre dans l'au-delà. Il n'avait alors que cinq ans, mais il revoyait la fumée qui s'élevait des objets dédiés aux morts : il n'avait oublié ni leur odeur charbonneuse, ni le crépitement des flammes, ni les cendres incandescentes que le vent soufflait aux alentours.

À ce moment, Tuân sentit que l'air s'était rafraîchi. Le soleil se couchait de l'autre côté des champs ; les paysans avaient terminé leur journée et rentraient chez eux. Il était plongé dans ses souvenirs depuis son arrivée, et se dit qu'il ne retournerait pas dans la maison de son oncle ce soir-là. Une chose irrésistible le retenait au cimetière. On s'inquiéterait de lui, et on ne penserait pas à venir le chercher là où il était ; on le prendrait pour un fou, mais cela lui était égal. Il lui était impossible de partir, un désir fébrile s'était peu à peu emparé de lui : après tant d'années, il avait besoin de dormir près de sa mère, de toucher le visage de son père et celui de son grand-père à travers la pierre. Il ne pouvait plus supporter d'être loin d'eux – en ce jour, ils ne seraient pas séparés. Il pensa aussi à sa tante et à Tiên, qui les avaient rejoints dans la nuit et dont les corps pourrissaient quelque part dans le Nord. Il pensa au bébé qui dormait dans le ventre de Cô Anh, encore sans visage – ces pensées lui étaient aussi douloureuses que des lames de couteau. Alors, peut-être parce qu'il n'avait plus la force de tenir sur ses jambes, Tuân s'enveloppa de sa veste et se coucha entre les tombes.

C'était l'heure du crépuscule, il sentit contre lui la froide humidité du sol et il posa son visage dans l'herbe. Pour se divertir de sa tristesse, il essaya de se représenter les traits de sa mère, comme du temps où il était enfant et que sa présence lui manquait. Dans la rêverie qui lui revenait, elle avait les cheveux longs, un visage délicat ; elle était vêtue d'une tunique brodée de nuages ; à la main, elle tenait un chapeau qui se balançait sur un fil. Il essayait de la suivre au bord d'un étang, cependant, très vite, la vision se dissipa – elle n'était pas là, il n'y avait personne. Il était seul dans le cimetière sous un ciel opaque, entouré de silence. Mais à ce moment, sans qu'il pût expliquer pourquoi, il sentit distinctement l'odeur du jardin de son grand-père, il ne pouvait se méprendre : c'était un parfum qu'il ne pouvait confondre avec nul autre : il reconnut le jasmin et les orangers, la verte senteur des longaniers lorsqu'on déchire une feuille et, plus étrange encore, il sentit sur ses lèvres la saveur des kakis de la mi-automne.

Il était envahi d'impressions mélangées : la sensation était aussi claire que s'il avait été projeté dans le passé et qu'il avait pu prendre dans sa main des roses tendres avant de courir jusqu'au verger ; elle était aussi indiscutable que s'il avait pu cueillir un fruit du plaqueminier et en goûter la chair orangée. Il se demanda quelle était cette illusion, car en ce lieu désert rien ne pouvait exhaler cette odeur exquise. Pourtant, ce parfum était de la plus vive réalité : l'espace d'un instant, il n'était plus le jeune homme en deuil qui était entré dans le cimetière, mais le fils des parents éternels qui vivaient dans le jardin familial et le prenaient sur leurs épaules pour une promenade insouciante. La vision dura quelques secondes, puis ses couleurs pâlirent et les images s'évanouirent.

Le silence avait laissé la place aux crissements des insectes et à l'appel d'oiseaux invisibles. Sur les branches d'un aréquier, un rapace nocturne lançait ses hululements ; une chouette lui répondait d'une phrase plaintive qui semblait improviser des notes inattendues. Ces mélodies se mélangeaient aux cris d'autres oiseaux qui donnaient l'impression d'affluer par centaines tant leurs chants remplissaient l'espace. La lune était presque pleine, et la Voie lactée apparut dans toute sa clarté. Tuân fixa les yeux sur les profondeurs du firmament : les étoiles étaient disséminées en gouttelettes blanches dans l'obscurité. Certaines formaient des masses ondoyantes, d'autres apparaissaient isolées sur le gouffre céleste. Il reconnut les maisons lunaires : la Tortue, l'Oiseau, le Dragon et le Tigre qui se dressaient aux quatre coins du ciel. Il était ébloui par ces millions d'étoiles et leurs inflorescences géométriques. S'il existait un ordre et une beauté, cette voûte radieuse en était le reflet.

Le souvenir de ses parents et de son grand-père, les visages de Tiên et de Cô Anh lui revinrent à l'esprit. Il lui sembla que, si leurs âmes étaient vivantes, cette nuit devait être propice à une apparition. Avec toute la foi dont il était capable, il les invoqua et les pria de se manifester à lui : il se languissait de les voir, de leur parler, de savoir de quoi étaient faites leurs existences mystérieuses dans l'au-delà. Il avait tant besoin d'eux ; et, s'il lui était donné de saisir entre ses bras leurs ombres douces, il se promettait de ne plus les laisser s'échapper. Il resta éveillé longtemps dans cette attente, confiant dans l'invisible ; mais, au fil des heures, il finit par s'endormir sans s'en apercevoir, sans être gêné par la dureté du sol ou l'humidité. Il ne sut combien de temps dura son sommeil. Il fut réveillé par les bruits du jour et le gazouillement d'une alouette. En ouvrant les yeux, la première idée qui le traversa fut la déception de n'avoir pas vu de signe, pas de feu follet ou de fantôme dans la nuit ; il n'y avait rien que l'ordinaire fraîcheur de l'aube. Il se leva et épousseta ses vêtements, avec la conscience de sa crédulité – avait-il vraiment espéré une rencontre surnaturelle ou était-il simplement stupide ? À présent, il devait rentrer à la maison et, à défaut d'avoir revu les morts, affronter les vivants.

Ses oncles et ses tantes n'avaient pas fermé l'œil de la nuit. Ils l'avaient cherché partout, bouleversés par sa disparition. Ils avaient demandé l'aide des voisins et prévenu la police du quartier. On avait fait des recherches dans toutes les maisons et les hameaux environnants. On avait craint que, désespéré, il eût commis un acte irréparable, et qu'on finît par repêcher son corps dans la rivière. Ou bien qu'il y ait eu un renouvellement du malheur qui avait frappé ses parents – une mauvaise rencontre, des voleurs, une bagarre qui aurait mal tourné… On ne pouvait imaginer autre chose de sa part, puisqu'il devait rester quelques jours à Shui. Chacun fut soulagé de le voir réapparaître. Cependant, lorsqu'il dut avouer où il avait passé la nuit, les visages se transformèrent

– rester dormir avec les morts, c'était plus qu'un caprice de jeune homme, il y avait là une transgression inacceptable.

Sa famille était en deuil, ses tantes pleuraient, tout le monde était dans la peine et personne ne comprenait que son chagrin pût s'exprimer d'une façon aussi indécente. Tuân resta ce soir-là chez son oncle Hiêu afin de sauver les apparences. Puis il repartit le lendemain pour Saigon, car il était incapable de rester davantage dans cette maison funèbre où il s'était de toute façon rendu indésirable. Le matin du départ, on lui dit adieu, sachant qu'on ne le reverrait pas avant longtemps. Tuân fut soulagé en voyant s'éloigner le jardin familial depuis la voiture à cheval qui le reconduisait à la gare de Huê ; mais, étrangement, ce fut en montant dans le train pour la capitale qu'il prit conscience de l'intensité de son désir de rentrer vivre un jour dans la maison de son enfance.

Un esprit brillait
au fil de la rivière –
son sillon argenté

Des feuilles de muguet
et des fleurs écla t antes –
neige de printemps

Dans la brume profonde,
les ailes d'un héron
dansaient

La terre humide du sentier,
– des pierres vives
et des épines obscures,

Avec ses branches douces,
la forêt couleur
de feuilles mortes
et du ciel
éteint

XIII

Tuân rentra le cœur calciné de ce voyage à Shui qui avait réveillé en lui une douleur ancienne. Il n'était qu'une enveloppe vidée de ce qui lui était le plus précieux et où résonnait sans cesse le souvenir de ceux qu'il aimait ; il se sentait étrangement habité de leur absence, qui était pour lui plus réelle que les personnes de chair et d'os qu'il côtoyait chaque jour. Son existence reprit à Saigon à un moment où les tensions politiques redevenaient vives. Vers la fin des années 1950, ceux qui voulaient croire à la paix entre le Nord et le Sud durent admettre que la trêve était illusoire. La guerre civile embrasait l'atmosphère et se jouait autant sur le champ de bataille que dans les esprits. La République communiste avait à présent révélé son visage de fer. Tuân se demandait parfois ce qu'était devenu son oncle Chinh, alors qu'une dictature s'était installée à Hanoi. Tant de rêves en miettes et de morts pour en arriver-là… Avait-il suivi l'idéologie révolutionnaire, s'était-il soumis au nouvel État ?

Sans doute avait-il été un nationaliste sincère. Il avait sacrifié son avenir et sa famille pour rejoindre le maquis. Beaucoup d'hommes et de femmes avaient donné leur vie pour la liberté. Mais leurs luttes avaient créé un monstre qui les avait dévorés en même temps que l'idée de justice. Devant l'inhumanité de la collectivisation des campagnes, les emprisonnements, les exécutions, après la décapitation des Cent Fleurs et l'anéantissement de toute opposition au pouvoir, Chinh avait-il baissé la tête, avait-il accepté l'hypocrisie pour ne pas renoncer à son idéal ? S'il était revenu de sa formation en Chine, il devait à présent être un serviteur du régime, capable de tout pour se prouver que, malgré les errements tragiques du parti, il pouvait rester quelque chose à sauver – à moins que sa fuite en avant ne conduisît à pire encore.

La situation de la République du Sud n'était pas moins terrible que celle du Nord. Durant les années 1960, le conflit armé s'y intensifia et, avec lui, les attaques de toutes parts. Le Viêt-cong remportait des batailles, occupait des régions entières, aidé par la Chine et l'URSS, s'attirant de plus en plus de partisans. Soutenu par les États-Unis, le Sud-Vietnam ne parvenait pas à reprendre le dessus en dépit des offensives et des bombardements qui frappaient le pays avec une incroyable cruauté. Pourquoi sa terre avait-elle aveuglément été livrée à la dévastation ? Quel était le poids de la vie humaine face à des moyens militaires gigantesques et des stratégies inavouables ? Ces questions enfonçaient leurs poignards dans la tête de Tuân. À Saigon, la guerre semblait une chose normale et s'était installée peu à peu dans le paysage quotidien. Il y avait en ville un nombre grandissant de soldats occidentaux et vietnamiens qui réglaient la vie à leur pas. Des avions et des hélicoptères déchiraient le ciel de leur vacarme métallique. Dans le port se croisaient des navires de guerre dont l'équipage sombrerait dans les fins de règne.

Tuân ne fut pas transféré sur le front parce que son poste avait été jugé utile – ou peut-être l'avait-on épargné par considération pour Éliane ? Les relations entre la République du Sud et la France se maintenaient, et il continuait son travail de traducteur. En ces temps troublés, le monde ressemblait à un labyrinthe de signes où Tuân ne parvenait pas à s'orienter. Les luttes politiques, les conflits religieux, la corruption, la quête avide du pouvoir, la fascination que suscitait le Nord-Vietnam lui étaient incompréhensibles... En ces heures chaotiques, il se savait incapable de prendre les armes pour tirer sur qui que ce fût. Il avait l'impression d'être un homme nu sur un champ de bataille. Quels qu'aient été les ordres, il n'aurait pas supporté de tuer un autre homme parce qu'il portait l'uniforme ennemi. Était-ce par lâcheté ou bien en raison de l'impossibilité qu'il trouvait à se décider ? Il ne pouvait combattre ni pour l'État du Sud, ni pour l'Étoile communiste, alors que la guerre progressait, que les horreurs se succédaient dans un engrenage infernal – les attentats, les massacres et des pertes humaines insoutenables. La violence était d'autant plus révoltante que chacun des adversaires se réclamait de la justice.

La résistance personnelle de Tuân à cette absurdité – sa liberté silencieuse – consistait à aligner des mots sur le papier, à lire et écrire dans une langue qu'il avait choisie et qui représentait quelque chose d'insaisissable en quoi il avait placé son idéal. À chaque fois qu'il essayait de composer des poèmes en français, l'idée lui semblait ridicule. Ce n'était pas sa langue maternelle. Il avait des lacunes, une syntaxe incertaine, il ressentait pour la poésie un désir illégitime dont il ne savait s'il serait plus fort que l'usure des jours. Après la mort de Tiên, le projet de ses « Odelettes » nervaliennes avait perdu son sens. Il avait jeté à la corbeille tous les textes destinés à ce recueil, tout ce qu'il avait écrit jusque-là, pour tenter d'aller vers autre chose, mais il n'avait pas trouvé de nouvel horizon. Il était perdu et s'essayait le soir à des brouillons d'écriture, assis à son bureau ; mais, vaincu d'avance, il abandonnait sa feuille pour se laisser aller à de vaines rêveries.

Malgré la guerre qui grondait, la vie de Tuân se poursuivit, semblable à ce qu'elle avait été avant d'apprendre la mort de Tiên. Les années s'égrenèrent sans qu'il fît de rencontre romantique ou qu'il nouât d'autre amitié que celle d'Éliane. Il allait toujours aussi souvent lui rendre visite et l'accompagner dans ses promenades. Entre eux, les différences n'avaient pas été abolies par le temps, mais, loin d'être une entrave, elles rendaient plus précieuse leur relation. Il s'était tissé de l'un à l'autre une tendresse quasi filiale qui se nourrissait de ce qui aurait pu les séparer. Ce qui touchait étrangement Tuân était que, depuis dix ans qu'il la connaissait, la présence de son mari semblait s'être renforcée dans sa vie, au lieu de s'effacer.

Au début, Tuân avait remarqué qu'Éliane évitait de parler de Charles, sans doute parce que cela lui était trop difficile. Puis, au fil du temps, elle commença à être capable de l'évoquer au détour d'une phrase, à propos de choses anecdotiques : qu'elle se rappelait par hasard que Charles utilisait telle expression qui lui venait aux lèvres ou qu'il aimait les longanes lorsqu'elle en achetait au marché. Mais jamais elle ne parlait directement de lui, car le fait de penser à leur vie au passé rendait plus douloureuse son absence. Enfin, après de longues années, elle avait trouvé la force de reparler de son mari et de raconter quelques-uns de leurs souvenirs. Il lui arrivait de s'amuser d'aventures qui leur étaient arrivées alors que, jeunes mariés, ils avaient débarqué en Indochine, ignorant tout du continent où ils venaient vivre. Ainsi, peu après leur installation à Saigon, ils avaient essayé de donner un nom de rue en vietnamien à un chauffeur de taxi, et l'homme, qui n'avait pas compris, les avait emmenés en direction du cap Saint-Jacques, au bord de la mer. Lorsqu'ils s'étaient rendu compte du malentendu, ils avaient décidé de ne pas rebrousser chemin et avaient fait ce jour-là un voyage inattendu. Ils s'étaient promenés sur la plage ombragée de cocotiers et avaient visité le phare, qui offrait une belle vue sur la baie où l'eau se mêlait à l'horizon. Ils en avaient été éblouis, et le cap était devenu ensuite leur lieu de villégiature favori lorsque la chaleur se faisait trop étouffante à Saigon.

Un jour, Éliane avait ressorti une vieille photographie de son mari pour la montrer à Tuân. Charles était un beau jeune homme aux cheveux blonds. Une fine moustache surmontait sa bouche rose et une expression bienveillante éclairait ses yeux noirs. À ses côtés se tenait sa jeune épouse, les cheveux sagement remontés en chignon, avec un sourire malicieux. Tuân reconnut immédiatement Éliane : elle avait conservé le même regard, le même air de fée qui portait à présent le masque de la vieillesse mais qui en l'ôtant aurait retrouvé le visage de ses vingt ans. Son mari et elle venaient alors d'arriver en Indochine et rien n'ombrageait leur bonheur. Tuân avait parfois l'impression que Charles était revenu vivre aux côtés de sa femme à la manière d'un esprit familier dont il avait réussi au fil du temps à percevoir la présence. La situation des Français, qui n'avait pas connu de profond bouleversement après 1954, s'était transformée à mesure que le Sud-Vietnam passait sous influence américaine. De plus, avec la menace grandissante de ce qui était devenu la guerre du Vietnam, les Français étaient partis les uns après les autres. Malgré cela, Éliane avait choisi de rester, car elle aimait cette terre et ses paysages ; elle y avait enterré son mari, et elle savait qu'elle ne s'en irait pas, car elle voulait reposer près de lui quand viendrait l'heure. Du reste, elle n'avait personne à aller rejoindre dans son pays natal.

Entre le moment où il termina ses études et la fin des années 1960, Tuân travailla une dizaine d'années au service des Transmissions. Après ses journées au bureau, il se remettait par intermittence aux textes qu'il avait commencés mais ne parvenait pas à finir ses poèmes ; le découragement l'en détournait toujours. Cependant, l'idée ne le quitta pas : elle lui revenait fidèle, ce matin-là, sur les sentiers de la forêt de Chantilly. Depuis que Tuân s'était installé en France, il vivait avec la culpabilité douce-amère des exilés, ceux qui avaient survécu alors que tant d'autres avaient subi le pire. En regardant les chênes qui s'éveillaient de leur nuit hivernale, il se demanda : ma vie à Saigon aurait-elle continué ainsi ? Aurais-je réussi à écrire quelque chose de valable s'il n'y avait pas eu ce second voyage à Huê ? Vers la fin de l'année 1967 en effet, il s'était décidé à reprendre contact avec sa famille. Près de dix ans s'étaient écoulés depuis son dernier retour à Shui et il ne pouvait résister au désir de revoir les lieux de son enfance. Il avait écrit à l'oncle Hiêu, qui lui avait répondu affectueusement : ce qui s'était passé n'avait plus aucune importance et il était le bienvenu pour les fêtes du Nouvel An. Tuân accepta avec joie, formulant en lui-même le vœu de ne pas gâcher cette fois son rendez-vous avec le passé. C'était pour le Têt Mậu Thân, en 1968.

XIV

Forêt de Chantilly, chemin des Lierres

Tuân marchait depuis le matin, et c'était déjà le début de l'après-midi. Il s'assit sur un tas de bûches amoncelées au bord du chemin à un endroit où les arbres se faisaient plus rares. La forêt s'ouvrait là sur une clairière de fougères qui se recroquevillaient comme du papier de soie. Leurs feuilles dessinaient des vagues vertes et brunes d'où surnageaient des genêts : à cette saison, ces buissons acérés retenaient encore la floraison des bourgeons qui se déploieraient bientôt en flammes dorées. Un corbeau volait de branche en branche ; il se posa en haut du tas de bûches et poussa un croassement rauque. Ses ailes d'ébène battirent, il s'envola avant de se reposer sur le bois. Le volatile semblait lui dire : « La guerre est passée, et tu ne peux rien faire de plus. » Son regard ironique le mettait au défi et le croassement répétait : « Laisseras-tu passer ce jour sans rien faire de plus ? » Ce mauvais augure lui rappelait d'anciennes angoisses.

Tuân essaya de répondre à l'oiseau, mais, ne trouvant pas les mots, il se leva et reprit sa promenade. Sur le chemin, il longea des mûriers qui couraient entre les hêtres ; leurs ronces s'enroulaient autour des racines et formaient des treilles enchevêtrées. Elles rejoignaient un pré de graminées ; dans la folle avoine et au milieu d'herbes blondes dont il ne savait le nom, Tuân sentit une présence invisible qui avait succédé au corbeau : deux esprits étaient apparus, ils marchaient, l'un près de l'autre, vêtus de légers manteaux, et parlaient dans une langue inconnue. Tuân les suivit dans l'espoir de les atteindre, mais ils s'éloignaient d'autant plus vite. Lorsque l'un d'eux tourna la tête en sa direction, Tuân crut reconnaître son propre visage. La vision ne dura qu'un instant – il n'y avait plus personne, rien que le miroir de fantômes disparus. Il continua alors son chemin sans chercher à regarder vers le pré solitaire, et il s'enfonça sous l'arche de chênes qui menait vers une autre partie de la forêt.

Tuân se dirigeait vers les étangs de Commelles ; ainsi qu'à l'accoutumée, il se perdait en route et devait errer d'un layon à l'autre avant de se retrouver. Des empreintes apparurent dans la terre humide ; elles étaient peu profondes et formaient deux ovales recourbés en grain de café : c'étaient les traces fraîches d'un cerf ou d'une biche qui n'avaient pas encore été effacées par la pluie. Tuân s'avança avec prudence dans l'espoir d'apercevoir le cervidé, mais il ne perçut pas un mouvement. La bête avait dû traverser l'allée et s'enfoncer dans les fourrés. Tuân se baissa pour observer de plus près les empreintes lorsqu'il entendit des aboiements : ce n'étaient pas un ou deux chiens, mais toute une meute découplée pour une chasse à courre. On entendait aussi les sabots des chevaux, les cors des veneurs et les sifflets stridents des valets à pied. Une battue se tenait à peu de distance, l'air retentit de coups de fusil qui se rapprochaient ; il y eut des cris répétés et des grognements excités par l'odeur du gibier. Les chasseurs tirèrent encore : sans doute avaient-ils retrouvé leur proie, qui n'avait aucune chance de s'échapper ; le vacarme finit lentement par s'éloigner, laissant Tuân le cœur battant.

Le sentier boueux où il marchait se mêla dans son esprit aux chemins sablonneux du Vietnam – et les détonations des fusils lui avaient rappelé des sensations qui le ramenèrent à Huê en janvier 1968. On entrait alors dans le nouveau cycle lunaire du Singe, qui représentait pour les devins un signe équivoque : le singe était un animal facétieux dont les humeurs se manifestaient d'une façon incontrôlable, joyeuse ou destructrice. Tuân n'y croyait pas vraiment ; mais il ne pouvait s'empêcher de tenir les présages pour une sagesse à ne pas mépriser. Nul ne s'attendait toutefois à la violence qui devait enflammer les premiers jours du Nouvel An.

Tuân arriva à Shui trois jours avant le Têt, et il espérait y rester une semaine. De longues années s'étaient écoulées depuis son précédent voyage ; après tout ce temps perdu, il eut la bonne surprise d'être accueilli sans réserve par sa famille. Son cousin Duy était venu le chercher à la gare de Huê. Après la fin de son internat, il avait été mobilisé et affecté à la caserne de la Citadelle impériale, où il exerçait depuis. Tuân l'avait tout de suite reconnu à la descente du train. Il avait gardé son allure d'adolescent ; ses cheveux courts dégageaient un front haut, révélant des traits réguliers, des yeux noisette et un nez un peu épaté ; il portait un uniforme kaki et fumait une cigarette sur le quai ; il lui fit un signe de la main dès qu'il l'aperçut. Les deux hommes, qui ne s'étaient pas vus depuis le départ de Tuân pour l'université, furent heureux de se retrouver ; l'un et l'autre étant peu démonstratifs, ils ne trouvèrent pas les mots pour dire l'émotion qui les envahissait, aussi un sourire et une accolade suffirent-ils à leurs retrouvailles.

Duy ramena Tuân dans sa Jeep de service ; sur la route, ils échangèrent peu de paroles, sans doute parce qu'il y avait trop de choses à raconter et qu'ils ne savaient par où commencer. En traversant les quartiers modernes de Huê, qui débouchaient sur des routes de campagne, Tuân revoyait des images anciennes – les jeux dans les rizières, les balades à vélo vers la tombée du jour, les courses dans les prés au bord de la rivière – tout avait les couleurs fanées d'un temps enfui à jamais. Le trajet se fit sans incident et la voiture arriva à Shui. En entrant dans le jardin, Tuân fut accueilli par ses oncles, qui avaient bien vieilli. Leurs cheveux étaient devenus blancs ; ils avaient maigri avec l'âge, et ressemblaient à son grand-père à l'époque où il était encore en bonne santé. Hiêu avait gardé son sourire doux ; Hai portait à présent des lunettes qui lui donnaient un air plus sévère. Leurs femmes, Lan et Hông, n'avaient pas changé ; elles teignaient leurs cheveux depuis qu'ils grisonnaient, de sorte que le temps avait peu de prise sur elles : elles semblaient à présent devenues les jeunes sœurs de leurs maris.

Tuân était arrivé chargé de cadeaux pour sa famille : du vin pour les messieurs et du parfum au bois de santal pour les dames, ainsi que des Li xi, les enveloppes rouge et or qui ne devaient être ouvertes que le premier de l'An. Tuân avait aussi apporté des confits de fruits de Saigon qu'on déposa en offrande sur l'autel des ancêtres. Il alluma des bâtonnets d'encens pour les honorer et laissa leur fumée aromatique emplir la pièce. Il s'inclina devant les portraits immobiles et resta les mains jointes sur le front, à prier les âmes mortes ; il appela ainsi à lui les esprits de ses parents, de son grand-père, de Cô Anh et de Tiên. Puis il laissa la place à Duy, qui invoqua sa mère et ses proches. Lorsque les rites eurent été accomplis, on s'attabla pour le dîner.

Les tantes avaient préparé des brochettes de porc aux épices, accompagnées de vermicelles et servies avec une sauce au caramel qui avait pour Tuân le goût des déjeuners de fête. Puis elles apportèrent pour le dessert de la papaye arrosée de jus de citron, avec du thé vert au jasmin, autre régal du temps où il était petit. On essaya de rattraper le temps perdu : Tuân parla de son travail de traducteur, et Duy de son service à l'antenne médicale de la Citadelle ; les oncles étaient fiers, mais inquiets de la situation de leurs enfants à Da Nang et Hôi An : avec la guerre, il n'y avait rien d'assuré... Après le dîner, les hommes restèrent boire de l'alcool de riz sur la terrasse, enveloppés de l'odeur de la citronnelle que l'on brûlait pour éloigner les insectes. La nuit était sereine et laissait apparaître quelques étoiles derrière les nuages ; autour d'eux, le murmure du vent se mélangeait au coassement des grenouilles qui provenait des rizières voisines. Vers minuit, Duy reprit la route pour rentrer chez lui, à Huê. Il travaillait le lendemain, mais il avait pris une journée de congé pour le jour suivant, veille du Têt. Il avait prévu d'aller à la plage avec sa famille et viendrait chercher Tuân afin de l'emmener faire un tour au bord de la mer.

XV

Tuân se réveilla le lendemain dans une maison silencieuse. Lorsqu'il se leva, le *phở* du petit déjeuner fumait dans la cuisine, d'où s'élevait une odeur de cannelle. Ses oncles étaient sortis faire une course, et sa tante Lan lui proposa de goûter la soupe. Elle remplit un bol de nouilles de riz et y disposa des morceaux de viande. Elle les ébouillanta une première fois avant de reverser le liquide dans la marmite. Puis elle parsema sa préparation d'oignons frais, de coriandre et de menthe ; elle y versa enfin le bouillon et posa devant son neveu le bol de *phở* brûlant. Lan s'attabla avec lui, et après l'avoir laissé entamer son repas, elle lui posa des questions sur sa vie à Saigon et ses amis. Éliane lui paraissait une aimable dame. Lorsque, d'un ton malicieux, la tante lui demanda : N'as-tu pas de fiancée ? Sa curiosité fit sourire Tuân, qui hocha la tête pour signifier non. Malgré son âge, il avait l'impression d'être un gamin pris en faute, ne sachant que répondre, conscient de la solitude et du vide de sa vie.

Heureusement, le petit déjeuner se terminait et Tuân sortit refaire connaissance avec le jardin. Dehors, le temps était clair, à peine nuageux. Il traversa la pelouse en direction du verger. La silhouette du vieux plaqueminier s'y dressait inchangée entre les orangers, les longanes et les litchis ; des orchidées grimpantes entrelaçaient leurs lianes roses et violettes autour de ses branches. Tuân s'approcha de l'arbre et posa la main doucement sur son tronc. C'était un geste qu'il faisait souvent lorsqu'il était petit ; aujourd'hui, c'était pour lui dire : je suis de retour, je n'ai cessé de penser à toi. Alors que ses doigts étaient posés sur l'écorce rugueuse, une prière ancienne lui revint aux lèvres, à la manière d'une chanson oubliée dont les paroles dormiraient au fond de sa mémoire. À ce moment, il crut redevenir l'enfant qui s'asseyait autrefois au pied de l'arbre et rêvait sous les feuillages – cette impression le remplit d'une joie étrange qui ne dura qu'un instant et disparut aussi vite qu'elle lui était venue.

Tuân quitta alors le plaqueminier pour continuer sa promenade. Sous ses pas, la terre humide exhalait un parfum de réglisse. Il retrouva les bambous vert tendre ; ils s'étaient étoffés mais se tenaient à la même place, caressant de leur ombre le banc où son grand-père venait s'asseoir. De là, on voyait les rizières et l'horizon bleu où glissaient les nuages. Tuân s'y installa pour contempler leur course ; puis il reprit le chemin de la maison le long d'une allée de bananiers. Il repassait ainsi à travers son enfance : sur l'herbe où il jouait au ballon, le long du talus que les enfants appelaient la colline des chevaliers, sous le tamarinier dont il ramassait les gousses brunes : il en éclatait la coquille avec les doigts et suçait leur chair acidulée, avant d'en jeter au loin les noyaux brillants. Il crut réentendre la voix d'autres garçons de son âge – le choc des épées de bois quand il y avait un duel improvisé – le bruit de leurs discussions et les comptines chantées à tue-tête. Il se rappelait la vigueur avec laquelle on s'attrapait en jouant à chat, avant de rouler dans l'herbe en s'égratignant sur des cailloux ; ces souvenirs s'entremêlaient dans sa mémoire jusqu'à se fondre dans le jour présent. Tuân se rendit alors compte que ses pas l'avaient ramené devant la maison de son oncle Hiêu. Pour ne pas se laisser prendre par la mélancolie, il décida de partir se promener. La bicyclette qu'il utilisait lorsqu'il était jeune était toujours rangée à la même place dans le garage. Il en vérifia les réglages et regonfla les pneus avec l'idée de faire un tour dans les environs ainsi qu'il en avait l'habitude pendant sa dernière année à Shui avant son départ pour Saigon.

Tuân salua sa tante et enfourcha son vélo en prenant la direction du mausolée de l'empereur Tu Duc, qui se situait à quelques kilomètres plus au nord. Le chemin passait par des forêts de pins qu'il croyait autrefois habitées de génies. Tuân les retrouva avec le sentiment d'être de retour chez lui dans ce paysage baigné d'une atmosphère sacrée. Des aigrettes tournoyaient sur la campagne, l'air sentait la sève et le miel, les arbres étendaient sur les vallons leur ombre clairsemée. Sous les nuages filtrait une lumière diffuse, à travers un voile qui, lorsqu'il se soulevait, transformait les mornes ruisseaux en miroirs étincelants et faisaient luire les palmiers d'un éclat de jade. Il arriva bientôt au tombeau et déposa sa bicyclette près de la porte sud de l'enceinte, où se trouvaient quelques cyclos et des mobylettes.

Il traversa l'entrée des visiteurs et marcha vers le lac, qu'il avait hâte de revoir après tant d'années. Rien n'avait changé, des lotus déployaient leurs ombrelles d'émeraude parsemées de rose ; dans l'eau se rencontraient le ciel et la terre, ainsi que l'avaient prescrit les géomanciens qui présidèrent à l'ordonnance des lieux. Tuân en contempla les reflets comme il le faisait jadis pour noyer sa peine, demandant aux dieux, alors que c'était encore possible, le retour de Cô Anh et de Tiên : tant de prières s'étaient ainsi évaporées dans les airs avant de se dissiper en pluie fine, car rien n'avait pu changer le cours de leur destin. Tuân suivit le chemin dallé qui serpentait jusqu'au centre du parc, laissant sur le côté gauche des palais et des temples. Il marcha jusqu'à l'embarcadère d'où l'empereur prenait le bateau avec sa cour pour naviguer sur l'étang vers un pavillon d'été. Il en descendit les marches et posa alors un instant ses doigts à la fraîche surface du lac, avant de se relever pour poursuivre son chemin vers le tombeau de l'empereur dont le fantôme revenait, disait-on, hanter le tertre.

Il traversa la cour des Grandes Salutations, où des statues de mandarins, d'éléphants et de chevaux formaient une garde vouée à reprendre vie dans le ciel. Il gravit les marches qui menaient vers la stèle impériale taillée dans le granit, semblable à un aérolithe porté par des dragons et des tigres sculptés ; sur la pierre se trouvait gravée l'histoire du règne troublé de Tu Duc, dont il était écrit qu'il devait perdre l'honneur et la souveraineté sur son pays. Puis il se tourna vers l'ancien étang en demi-lune qu'il se rappelait entouré de tournesols. Autrefois il était rempli d'eau, mais, asséché depuis longtemps, il ne formait plus qu'un modeste bassin envahi par la végétation. Près du bord, Tuân remarqua que toute une vie s'était nichée entre les briques et les pierres qui constituaient son lit ; elle était faite de mousse et de mauvaises herbes, et dessinait un croissant vert où la fraîcheur attirait les grillons. Un chœur indéfinissable s'en élevait au milieu de roses sauvages qui rappelaient que l'on était au printemps ; ce chant accompagna Tuân jusque devant les marches qui menaient au Mur précieux.

Il arrêta ses pas devant cet ouvrage orné de reliefs bleus et roses : entre les dessins de nuages, des dragons présentaient un idéogramme magique qui devait protéger l'empereur contre les mauvais esprits. Au-delà de ce mur se trouvait sa tombe vide : c'était là la singularité de ce monument funèbre. Le corps de Tu Duc n'était pas dans le tombeau où on l'honorait ; il avait été enseveli ailleurs, en un lieu tenu secret pour le préserver de la profanation. Nul ne pourrait jamais le découvrir parce qu'on avait tué tous les hommes qui avaient participé à son ensevelissement. L'empereur était ainsi absent de cette cité de pierre, et mystérieusement présent, car il y avait inscrit sa tristesse à nulle autre pareille : celle d'avoir reçu le couronnement impérial accompagné d'une malédiction terrible. Car, jeune prince, il avait été choisi comme héritier par son père Thiêu Tri plutôt que son aîné, et il dut faire exécuter ce frère et sa famille pour régner. Plus tard, souverain humilié, il fut dépossédé de sa royauté en perdant la guerre contre les Français et forcé à endurer la colonisation. Enfin, fils maudit du Ciel, il eut plus de cent femmes mais ne put concevoir d'enfant. Était-ce la punition du fratricide ? La peine qui lui fut infligée par les dieux pour sa faute première ? Tuân pensa amèrement aux batailles entre le Nord- et le Sud-Vietnam qui faisaient peser une malédiction aussi funeste sur sa génération, et il ne put s'empêcher d'adresser au triste empereur une prière illusoire pour leur pays.

XVI

Tuân ne voulut pas s'attarder plus longtemps au tombeau de Tu Duc. Il était encore tôt, et il poursuivrait la promenade jusqu'à la Citadelle impériale. Il se dirigea vers le nord et parcourut la dizaine de kilomètres qui l'en séparait en traversant la forêt et les champs qui menaient à la ville moderne de Huê. Il la retrouva aussi animée qu'il l'avait connue, résonnant du tintement des sonnettes de vélos et enveloppée dans la fumée de diesel de la circulation. Il dépassa d'innombrables boutiques, des cyclos stationnés aux carrefours et des bric-à-brac encombrant les trottoirs irréguliers. Il passa devant le complexe aménagé par l'armée américaine, où stationnaient des Jeep et quelques camions. La caserne était quasi au repos à l'avant-veille du Têt : il n'y avait là que deux cents hommes, car les affrontements étaient supposés s'arrêter pour la trêve du Nouvel An ; le reste des troupes était basé à Phu Bai au sud de la ville.

Au bout de la route n° 1 apparut le pont Nguyen Hoang, qui dominait la rivière des Parfums : elle s'écoulait à ses pieds, serpent bleu sillonné de veines grises. Ses vagues étaient traversées de reflets qui tendaient au ciel un miroir azuré. Les nuages se penchaient sur l'immensité des eaux, emportant vers la mer leur duvet blanc cendré. Tuân engagea sa bicyclette sous les arches métalliques du pont avec le sifflement des mouettes au-dessus de sa tête. Les oiseaux plongeaient parfois pour attraper un poisson et leurs cris résonnaient dans l'air comme des flèches. Le long du fleuve passaient des jonques transportant des fruits au marché ou plus loin, vers l'embouchure. Tuân atteignit l'autre extrémité du pont et longea les berges verdoyantes vers l'ouest. Des promeneurs y prenaient le frais sous les saules, côtoyant des adolescents qui jouaient au ballon, des marchands de souvenirs et des ouvriers qui délayaient du ciment dans de petites bouteilles pour réparer la chaussée ; enfin, il arriva à destination.

La Citadelle impériale se constituait d'un vaste carré de fortifications de plus de deux kilomètres de côté dont la construction avait été initiée par Gia Long, le premier empereur de la dynastie, avec l'aide de la France qui avait été son alliée dans la guerre contre les Tay Son. Entourée de puissants remparts à la Vauban et de douves, elle abritait en son cœur la Cité pourpre interdite, elle-même ceinte de murailles, où le palais de l'Empereur, avec ses autels et ses portiques, avait conservé l'apparence de la majesté. En amont et en aval du fleuve, les îles du Dragon Bleu et du Tigre Blanc devaient la défendre de ses ennemis. Au sud, elle regardait vers une montagne qui formait l'Écran du Roi, son bouclier naturel. Des canons sacrés habités de génies se dressaient toujours dans l'enceinte fortifiée. Les symboles étaient demeurés intacts, mais la puissance céleste les avait ironiquement désertés. Huê, qui avait été le siège du pouvoir pendant près d'un siècle, gardait encore quelque chose de son ancienne splendeur. Mais sur le Cavalier du Roi, un tertre qui portait jadis l'étendard de la dynastie, flottait le drapeau de la république du Sud, qui devait bientôt être mis à bas.

Tuân traversa les douves recouvertes de feuilles de lotus et pénétra dans l'enceinte fortifiée. Sur son vélo, il longea les murailles intérieures de la Cité pourpre au-delà desquelles s'élevaient les demeures impériales, avec leurs pavillons et leurs temples. Sur le faîte des palais de bois précieux, les silhouettes de dragons sculptés dansaient sous le ciel. De singulières créatures ornaient les façades : lions, poissons, oiseaux, figurés par des morceaux de porcelaine de couleur. Des paysages et des nuages peints en jaune, en rouge et en bleu, agrémentaient les reliefs qui dominaient les bassins et les canaux. L'intérieur des édifices était décoré de peintures, de poèmes et de lanternes multicolores ; les autels ornés d'idéogrammes rendaient hommage aux divinités dans les fumées d'encens et le parfum des abricotiers en fleur. Le long des jardins et des cours, les statues de phénix, les urnes dynastiques et les stèles donnaient à voir une splendeur impériale qui devait pourtant se révéler aussi fragile qu'un mirage.

Se détournant des murailles de la Cité pourpre, Tuân se dirigea vers le nord de la citadelle, pédalant le long d'allées de flamboyants. Il traversa un quartier populaire où régnait une animation inhabituelle. De nombreuses personnes étaient venues rendre visite à leur famille pour le Têt et les rues avaient un air de fête. Aux fenêtres de certaines maisons, celles où habitaient des enfants, on avait accroché des lampions de couleur. Dans les jardins, on cuisait des *bánh chưng* et des *bánh tét* au fond de marmites fumantes qu'on surveillait d'un œil pour ne pas se les faire dérober. Les boutiquiers vendaient des porte-bonheur et des pétards recouverts de papier écarlate à faire éclater la nuit du Nouvel An pour éloigner les mauvais esprits. Des marchands proposaient de la soupe sucrée et des pâtisseries au coin des rues.

La bicyclette de Tuân le conduisit jusqu'à un étang bordé d'une végétation foisonnante. Des pêcheurs lançaient leurs maigres filets dans l'eau avant de les ramener avec patience ; ils rejetaient les plus petits poissons et mettaient les autres dans une nasse accrochée sur le rebord de la barque. Puis, lorsqu'ils avaient fini, ils s'aidaient d'une longue perche pour regagner la rive. Un peu plus loin, il y avait des arbres fruitiers : des manguiers, des jacquiers, des papayers plantés par des paysans qui cultivaient aussi de larges parcelles maraîchères. Tandis qu'ils faisaient leur récolte et déposaient leurs légumes dans des paniers destinés au marché, quelques oiseaux essayaient de se rapprocher pour picorer ce qui était tombé à terre, sans craindre les épouvantails plus amicaux qu'effrayants qui se dressaient çà et là.

Tuân entendit une musique joyeuse et rythmée. Elle provenait d'un parc où des élèves en uniforme répétaient une danse de dragon sous la direction de leur professeur. Chacun tenait un bâton de bois sur lequel était fixé le corps démantibulé de l'animal ; ils se plaçaient à quelques pas les uns des autres et faisaient doucement onduler la bête, avant d'accélérer leurs mouvements. Les élèves semblaient disparaître sous les couleurs chatoyantes du serpent fabuleux : il montrait des dents pointues, ses yeux scintillaient, ses écailles étaient parées de rubans multicolores. La danse devenait une course céleste : elle rejouait l'histoire de la création et la naissance de la pluie, accompagnée de tambours et de clochettes. Les passants s'arrêtaient pour regarder le spectacle improvisé ; des bambins se cachaient derrière les jambes de leur mère, effrayés par le monstre qui voltigeait.

Nul ne se doutait que la bataille était imminente. En effet, les troupes du Viêt-cong étaient déjà présentes dans la citadelle : des combattants s'y étaient introduits depuis des semaines, invisibles chevaux de Troie. Deux jours plus tard, ils sortiraient à l'aube et attendraient l'afflux de milliers d'autres soldats pour prendre la ville. Des tirs de mortiers et de roquettes annonceraient le début de l'offensive nord-vietnamienne sur Huê, le premier matin de l'année lunaire. Comme dans les tragédies antiques, la mécanique était enclenchée – rien ne pouvait l'arrêter, ni les messages radio qui transmettaient l'ordre de l'assaut, ni les renseignements secrets interceptés ces jours-là mais qui ne semblèrent pas crédibles aux autorités ; la ville devait tomber, et les espoirs du Sud seraient dès lors perdus.

C'était bientôt la fin de l'après-midi et l'heure de rentrer. Tuân retraversa les rues de la citadelle en direction du sud. Il franchit de nouveau l'enceinte impériale et les douves couvertes de nénuphars ; à la surface de l'eau, il y avait des fleurs à peine écloses et d'autres épanouies qui seraient bientôt la proie des bombes. Il reprit le pont Nguyen Hoang et passa au-dessus du fleuve. Le soleil au déclin avait coloré les nuages vermeils et traçait des filets de sang sur la rivière des Parfums, alors que se dessinaient des ombres fantomatiques sous les murailles fortifiées. Tuân laissa derrière lui cette vision menaçante et se dirigea vers la campagne, peu avant qu'on n'allumât les lanternes jaunes qui annonçaient les festivités du soir. Il arriva à Shui à la tombée de la nuit, épuisé de sa journée ; il dîna en compagnie de ses oncles et s'endormit paisiblement jusqu'au lendemain.

XVII

Cette veille de Nouvel An, Tuân se leva de bonne heure. Il s'était installé dans le jardin avec un journal et avait parcouru quelques articles lorsqu'il entendit le ronronnement d'une voiture. Duy arrivait au volant d'une Dyna Z, accompagné de sa famille. Il avait rencontré sa femme, Anne-Loan, sur les bancs de la faculté. Anne-Loan, qu'on appelait Loan, était la fille d'un instituteur français et d'une Annamite. Elle avait suivi des études de sage-femme et travaillé deux ans à Saigon avant de se marier. Puis elle avait pris un congé pour élever ses filles, Tuyêt et May, qui avaient à présent quatre et sept ans. C'était la première fois que Tuân la rencontrait.

Lorsque la jeune femme descendit, il fut frappé par sa beauté. Son visage reflétait ce mystère du métissage qui rend étranges les traits les plus familiers. Loan avait la peau claire, le nez droit, des cheveux légèrement bouclés d'un noir aux reflets châtains. Presque aussi grande que son mari, elle avait une taille élancée et portait une robe de lin brodée de pivoines. Elle sourit à Tuân et l'embrassa avec simplicité à la manière occidentale. Elle appela les enfants qui avaient sauté de la banquette : deux fillettes, copies miniatures de leur mère. L'aînée, May, dit bonjour à Tuân et courut jouer dans le jardin ; la cadette, Tuyêt, avait grimpé dans les bras de son père pour écouter la conversation des grandes personnes avant d'aller rejoindre sa sœur.

Duy et Tuân étaient convenus d'aller à Thuân An, où il y avait une jolie plage. Ils y passeraient la journée, et, en fin d'après-midi, Tuân rentrerait à Huê avec son cousin et sa famille, car Duy était de service le soir même. Il dormirait chez eux, et, le lendemain, ils retourneraient tous ensemble à Shui fêter la nouvelle année. Tuân dit au revoir à ses oncles et tantes, et il s'installa à côté de son cousin. La Dyna Z traversa des rues fourmillantes de vélos et de mobylettes, résonnant de klaxons et bordées d'échoppes disparates. La route longea un cimetière où l'on apercevait des tombes ornées d'idéogrammes multicolores. Par les vitres entrouvertes passait une brise qui avait la fraîcheur des rizières. Le ciel était clair, les nuages dessinaient des fleurs sur l'horizon. On croyait voir l'ombre de géants marcher au-dessus de leurs corolles ; ils les écrasaient de tout leur poids en les dispersant à tout vent – à la fin, il ne restait plus rien que la trace de nuées en forme de pétales de coquelicot.

Dans la voiture, les fillettes, d'abord intriguées par Tuân, avaient passé le début du trajet à l'observer ; puis, cette précaution en ayant fait un être familier, elles ne s'inquiétèrent plus de lui et se remirent à chercher des yeux les animaux sur le chemin : les buffles des champs, les vaches et les poules qui traversaient la chaussée, les canards qui nageaient dans un ruisseau vert pâle ; de temps en temps, l'un d'eux prenait son envol, ses ailes battant la surface de l'onde, puis se reposait dans une glissade. Des chèvres broutaient des bandes d'herbe entre les maisons, leur corps maigrelet se confondait avec des branches mortes sur le sol. Et, sous les nuages, on devinait le cri des goélands qui dessinaient un léger ballet dans les airs.

La voiture approchait de la ville de Thuân An, où la rivière des Parfums se jetait dans un lagon indigo. Il formait une longue étendue liquide entourée de maisons et de cyprès ; on y apercevait des barques remplies de poissons et quelques épaves en bois pourri à la dérive. Sur les bancs de sable, des pêcheurs ratissaient la vase à la recherche de crustacés. Le chapeau de l'un d'eux fut emporté par le vent. Le bonhomme posa sa bêche et courut après le cone qui roulait à fleur d'eau ; alors qu'il lui échappait, un autre pêcheur le ramassa ; lorsqu'il le rendit à son propriétaire, leurs deux silhouettes se rejoignirent un instant dans la lumière de midi.

La Dyna Z s'arrêta bientôt devant la plage. En ouvrant la portière, Tuân sentit la fraîcheur de la brise salée ; en cette fin de mois de janvier, l'atmosphère était douce, le soleil avait caché ses rayons les plus ardents de sorte qu'il n'y eut pas besoin d'ouvrir les parasols. On entendait le mugissement continu des vagues, leur crête formait une courbe d'écume qui venait fondre sur la grève. Le sable brillait de paillettes translucides ; il était parsemé d'algues et de coques de moules jetées par les pêcheurs que les fillettes se plurent à faire craquer sous leurs sandales. Duy et Loan trouvèrent un coin paisible au pied d'un palmier, et les enfants commencèrent à jouer sur le sable.

Pendant que Tuân était allé faire des achats auprès des marchands de la jetée, Loan déplia une natte pour y déposer le pique-nique qu'elle avait préparé. D'un panier, elle sortit un pain de riz encore tiède, enroulé dans une serviette ; elle le découpa en tranches régulières à l'aide d'un fil à coudre. À côté, elle disposa de la viande séchée et du sel de sésame ; elle avait aussi pensé à apporter des légumes aigres-doux. Lorsque tout fut prêt, on appela les enfants pour le déjeuner. Les petites grignotèrent quelques carottes et trempèrent un morceau de pain de riz dans le sel aromatisé. Les bouchées croquaient sous leurs dents, car le vent y avait soufflé des grains de sable : elles prirent ainsi le plus grand plaisir à les recracher, trouvant là une bonne excuse pour passer au dessert que Tuân avait trouvé.

Il y avait du gâteau au lait de coco cuisiné au jus de pandan, enveloppé dans une feuille de bananier. Sa chair vert anis présentait des alvéoles allongées ; la pâte était moelleuse, avec un goût frais de caramel. Tuân avait aussi apporté un assortiment de fruits confits : des graines de lotus, des morceaux de mangue et d'ananas cristallisés dans le sucre. Ces friandises lui firent revenir à l'esprit des images de l'enfance : pour le Têt, ses tantes en préparaient souvent, avec des beignets de banane, des *ô mai*, du kaki séché en menus éventails. Ses cousins et lui adoraient ces sucreries ; ils en parlaient encore des jours après les fêtes, et ils en auraient reparlé pendant des siècles s'il leur avait été donné de rester des enfants dans la maison familiale en ces heures de printemps.

Après le déjeuner, les petites repartirent s'amuser. On les entendait crier en se poursuivant. Elles couraient jusqu'à l'eau et sautaient dans les vagues, avant de regarder leurs traces s'effacer sous le flux du courant. Elles s'arrêtaient parfois pour rassembler des mottes de sable mouillé et les lancer à la mer. Elles avaient aussi ramassé des coquillages de différentes formes et couleurs qui, dans leurs jeux, se transformaient en un trésor de pierres précieuses – des rubis, des perles, des améthystes que des fées avaient dérobés aux démons de l'océan.

Pendant que leurs parents et Tuân buvaient une bière, May et Tuyêt se mirent à construire un palais de sable. Elles avaient façonné quatre tourelles en pointe. Au milieu, elles aménagèrent une esplanade, agrémentée de canaux, pour faire passer de l'eau. Sur toute sa surface, May disposa des coquillages que sa sœur recouvrait d'une poignée de terre humide. Elles creusèrent au pied de chaque tour une grotte où elles déposèrent le trésor des fées. Après avoir contemplé leur œuvre, elles eurent l'idée de compléter ce palais de douves remplies d'algues ; tout autour, elles dressèrent des murailles pour le protéger de la mer. Enfin, à quelques pas, elles élevèrent un ultime pont-levis pour retenir la marée qui montait déjà et devait tout submerger avant le soir.

Tuân songea que l'océan était plein de châteaux d'enfants, de barrages inutiles et d'autant plus émouvants. La houle charriait des trésors enfouis avec patience ; des murailles royales flottaient au milieu de l'écume et des varechs. Les constructions enfantines ne survivaient pas plus à la violence des flots que celles de leurs aînés ; les maisons, les temples finissaient toujours emportés par la mer – pourquoi ? Qui pouvait le dire ? Cependant, Tuyêt et May n'étaient pas attristées par cette ruine à venir : l'enfance était le pays des rêves de sable et des cités fragiles, où l'on bâtissait des palais en sachant qu'ils ne dureraient pas.

Le soleil perçait entre les nuages, le vent baignait toute la côte d'une lumière pure. L'eau semblait unifier la terre et l'horizon : elle se retirait vers le large, et, à chaque ondulation, elle refleurissait en lançant ses lames sur le rivage. Dans le ciel, des cormorans projetaient leurs ombres sur le flux d'azur ; leur vol rencontrait celui des aigrettes formant des courbes noires et blanches sur le miroitement salé. Ces funestes augures ne semblèrent pas émouvoir les jeunes filles qui se promenaient sur la jetée. Elles marchaient une ombrelle à la main ; leurs tuniques soyeuses se balançaient à chaque pas et formaient des taches roses sans visage – peut-être parlaient-elles de leurs noces prochaines, de l'infidélité d'un amant ou de la mélancolie du jour ? Tuân les suivit des yeux jusqu'à les voir disparaître entre les paulownias.

Il était l'heure de rentrer à Huê. Loan se leva pour aller chercher Tuyêt et May, reparties jouer sur la plage. Lorsqu'elles furent à portée de voix, elle les appela et les petites coururent à sa rencontre ; Tuyêt lui donna la main, tandis que sa sœur marchait à côté. Avec la mer derrière elles, leurs silhouettes se dessinaient à la manière de marionnettes sur l'eau. Elles avançaient avec légèreté, trébuchant quelquefois comme si leur mécanisme s'était grippé et que la main invisible du marionnettiste qui les guidait avait dû tirer sur un fil pour les redresser. Sur leurs faces de poupées, il y avait la courbe d'un sourire ; sur le tissu de leurs robes, on avait cousu une fleur violette. Elles semblaient improviser quelques pas de danse pour les spectateurs, avant d'être rangées dans une boîte à la fin du spectacle.

La mère et les enfants furent bientôt revenues. Duy et Tuân avaient replié la natte du pique-nique et fumaient une cigarette en les attendant. Loan épousseta les pieds des petites pour en ôter le sable, et chacun monta en voiture. La route du retour fut joyeuse, Tuyêt et May avaient chanté des comptines en anglais avant de s'endormir, et ils arrivèrent à Huê en fin d'après-midi. Duy et Loan habitaient dans une résidence moderne située au nord-ouest de la Citadelle impériale, près du Quartier général de l'armée républicaine où Duy était en poste. Elle se composait d'un ensemble d'immeubles récents, construits au milieu d'un parc. Leur appartement se trouvait au troisième étage du bâtiment principal ; le balcon du salon donnait sur une grande pelouse où il y avait des jeux de plein air à l'ombre d'un saule.

La voiture se gara devant l'entrée de l'immeuble. Le gardien faisait le ménage dans le hall ; il ouvrit la porte à Duy et Tuân, qui portèrent à l'intérieur les fillettes endormies et les déposèrent sur leurs lits. Puis Duy installa son cousin dans la chambre d'amis. La soirée fut calme. Loan prépara un repas léger pour le soir et donna le bain aux enfants, pendant que les hommes burent un whisky. On dîna tôt, car Duy prenait son service à dix heures. C'était la nuit du Nouvel An, il y aurait peu de monde au Quartier général, mais un médecin devait toujours être sur place, en cas d'urgence. Après le repas, Duy revêtit son uniforme ; il prit un dernier verre avec son cousin et sa femme avant de rejoindre l'antenne médicale. Il serait de retour le lendemain avant midi. Lorsqu'il fut parti, Loan coucha les filles qui s'endormirent sans bruit, et l'appartement s'éteignit.

XVIII

Des crépitements résonnèrent au milieu de la nuit. Dans l'appartement, tout le monde dormait. Tuân crut que c'étaient les pétards traditionnels du Nouvel An, mais ça retentissait de plus en plus fort. Il se leva précipitamment ; dans l'obscurité, le vacarme faisait trembler les murs. Tuân douta d'abord de ce qui se passait, mais lorsqu'il vit des coups de feu briller dans le noir, il comprit : il n'y avait pas d'erreur possible, l'offensive du Viêt-cong sur Huê commençait – la nuit du Têt, ils avaient osé. Ces moments restèrent pour lui un ensemble de souvenirs décousus, de sensations violentes dont la chronologie se désorganisait dans sa tête – il en gardait le souffle coupé, des douleurs dans le ventre, le crâne, une angoisse incontrôlable. Il était tétanisé de ne savoir que faire, où aller. S'enfuir, mais comment ? Par quel chemin ? Duy avait dit à sa femme qu'en cas d'attaque nord-vietnamienne il faudrait quitter la ville. Elle devait emmener les enfants à la campagne et se cacher dans la maison familiale, on y avait aménagé un abri, avec de l'argent, de la nourriture ; c'était là qu'il la retrouverait. Ces consignes qu'elle espérait ne jamais devoir appliquer devenaient une réalité ; il fallait partir tout de suite.

Tuân sortit de la résidence avec Loan et les enfants en pyjama, sans rien emporter. Il se revoyait dans la rue – des gens criaient autour d'eux, ceux qui fêtaient la nouvelle année portaient des tenues élégantes ; des femmes allaient pieds nus, tenant à la main leurs escarpins dont les talons s'étaient cassés, pressentant qu'elles étaient déjà perdues. Les circonstances de la fuite se mélangeaient dans son esprit ; le jour s'était levé, il ne se rappelait plus ce qui était arrivé avant ou après. Il courait en portant May, tandis que Loan portait Tuyêt – il ne savait plus pourquoi la fillette n'était plus dans ses bras, pourquoi ils s'étaient arrêtés un instant. Le détail des événements de ce jour-là se perdit dans sa mémoire, car il fut incapable de faire ensuite l'effort de se souvenir.

Tuân marchait devant Loan et les petites – sans doute pour leur ouvrir le passage et s'assurer qu'il ne venait pas de danger en face. Loan tenait ses enfants par la main, elles avançaient difficilement – les petites pleuraient et suppliaient leur mère de rentrer à la maison parce qu'elles avaient froid. Ils furent surpris par le fracas d'obus qui s'écrasèrent sur des bâtiments tout proches : ils arrivaient au milieu d'une zone de combats. Tuân aperçut des soldats armés tirant des deux côtés de la rue ; il se jeta sous un porche et cria à Loan et aux filles de le rejoindre, mais le bruit des explosions fut si assourdissant qu'il ne s'entendit pas lui-même. Seuls quelques mètres les séparaient. Il aurait pu les toucher en revenant d'un pas en arrière, mais il fut projeté au sol par la violence des tirs croisés. Il resta à terre un long moment et, quand il put relever la tête, il vit que leurs corps gisaient sur la chaussée.

À cet instant, Tuân pensa que le peintre Nam Son aurait pu représenter l'image qui le transperça dans un monochrome rouge ambré, une sanguine comme celle des *Montagnes et eaux* qu'il avait admirée lors d'une exposition de l'école des beaux-arts de Hanoi. Il avait lu que le principe essentiel de la peinture de paysage était de représenter le souffle vital de la nature. Mais qu'advenait-il si cette respiration s'arrêtait ? Que faire si, un bref instant, il n'y avait plus de souffle, plus de vie, plus rien ? Comment dire la mort, sauf à percer un trou dans la toile ?

De fait, Tuân ne put se rappeler ce qui suivit qu'à travers un tableau imaginaire, car, dans la réalité, il dut fermer les yeux. La sanguine de son imagination se déployait sur un papier précieux déroulé avec délicatesse – la scène s'était gravée dans son esprit à la manière d'un dessin à la craie rouge, la mère était allongée sur le sol, tenant par la main une petite fille, tandis que l'autre s'était calée sous son bras. Elles avaient été frappées en pleine course, et leurs cadavres avaient gardé la trace du mouvement qui les entraînait avant d'être interrompu. Leurs silhouettes s'étaient immobilisées au milieu d'une danse macabre. Loan avait reçu des éclats d'obus dans la poitrine, May était touchée au visage et sa sœur au ventre – du sang s'écoulait, et formait autour d'elles une ombre claire ; les traits de Tuyêt s'étaient figés dans une expression d'horreur, les yeux ouverts, la bouche déformée par un cri. Les cheveux de la mère et des enfants étaient épars autour d'elles et dessinaient des flammes. Il n'y avait que le geste de leurs mains qui semblait doux, comme si chacune de ces trois grâces tenait entre les doigts une fleur invisible. Le sol tremblait, le vacarme des bombes devenait de plus en plus fort – Tuân ne put supporter cette vision, il perdit connaissance.

Lorsqu'il se réveilla peu après, le bruit des affrontements s'était atténué mais grondait toujours avec force. Tuân n'était pas blessé, il se leva pour prendre une fillette dans ses bras ; il ne pouvait ni l'abandonner, ni l'emporter avec lui. Dans la panique, il tira les corps de Loan et des enfants vers un jardin qui se trouvait à proximité et les recouvrit de branches de palmier : sous les feuilles, la mère dormait entre ses deux filles dans une étreinte éternelle. Tuân ne put retenir les larmes qui l'aveuglaient et le sentiment atroce qui le faisait suffoquer. Mais les tirs se rapprochèrent de nouveau et il s'enfuit en leur promettant de revenir les chercher. Il ne savait plus que faire, ni où aller : tout le quartier était quadrillé par les soldats nord-vietnamiens. Il pensa alors revenir à l'appartement, où il tenterait de se cacher en espérant que les troupes républicaines reprendraient l'avantage.

Il rebroussa chemin remontant le flot des personnes qui cherchaient à gagner les portes de la citadelle. Lorsqu'il arriva à la résidence, il vit qu'une grande partie des bâtiments s'étaient effondrés ; les murs étaient troués d'impacts de balles. Les fenêtres avaient explosé et le sol était constellé de brisures de vitres : elles reflétaient le soleil de leurs miroirs tranchants et étincelaient si vivement que Tuân dut détourner les yeux. Les corps inanimés de civils et de soldats gisaient dans le parc. Des tireurs d'élite du Viêt-cong s'étaient postés en haut des toits ; des *bô dôi* patrouillaient dans les rues, mitrailleuse au côté. Quelques officiers criaient dans leur porte-voix que l'armée populaire était maître de Huê : des barrages se mettaient en place partout, les habitants devaient rester calmes et rentrer chez eux.

Tuân était pris au piège. Il s'apprêtait à tenter de fuir par un autre chemin lorsqu'une voix l'appela. C'était le gardien de l'immeuble que Tuân avait vu la veille, au retour de la plage, et qui leur avait ouvert la porte, à Duy et lui, alors qu'ils portaient les fillettes endormies dans leurs bras. Le vieil homme l'avait reconnu et lui dit : « Vous ne devez pas rester là, suivez-moi. » Il marchait en claudiquant avec une canne ; il conduisit Tuân jusqu'à un endroit isolé du parc où se dressait une petite construction de briques derrière les habitations : c'était une remise à outils pleine d'objets en désordre. Le gardien le fit entrer, souleva une trappe dissimulée dans le sol, et lui dit : « Cachez-vous ici et taisez-vous. »

Tuân descendit une échelle métallique et se retrouva dans une cave ; il vit la lourde trappe se refermer sur sa tête. L'homme tira une caisse par-dessus et disposa des pelles et un seau sur le côté. Puis il referma la porte de la remise et s'éloigna. Tuân resta seul dans l'obscurité. Il était dans une pièce humide où ne passait qu'un mince rai de lumière. Au-dessus de sa tête, les troupes du Viêt-cong prenaient possession de la Citadelle impériale, tandis que leur drapeau écarlate à l'étoile jaune se hissait en haut du Cavalier du Roi.

XIX

Ce jour-là commença pour Tuân une longue attente. La remise sous laquelle il avait trouvé refuge était constituée d'un baraquement de six mètres sur trois, surmonté d'un toit de tôle et creusé d'un sous-sol. On y entreposait du matériel de jardinage, une brouette et divers outils. Dans un coin, le gardien avait aménagé un atelier où il venait quelquefois bricoler des vélos : il y avait ainsi des roues usagées, des chaînes et des fourches à demi rouillées. C'est ce qui lui servit de prétexte pour rendre visite à Tuân tous les deux ou trois jours pendant ce premier mois de l'année du Singe.

Le gardien s'appelait Chu Hai ; il était l'aîné d'une fratrie de sept enfants dont les parents gagnaient leur vie en exerçant divers métiers. Adolescent, il avait été blessé lors d'une chasse au tigre où il portait les affaires des touristes ; il marchait depuis en traînant sa jambe droite, qui était devenue un poids mort. Il avait alors appris la mécanique chez un marchand de cycles, et il avait passé toute sa vie à cet ouvrage, de sorte que ses mains s'étaient teintées de cambouis d'une façon indélébile. Il ne s'était jamais marié et vivait seul. L'âge venant, il avait trouvé cet emploi de gardien qui ne comportait pas de tâche pénible, si ce n'est de débarrasser les ordures.

Chu Hai était de petite taille ; lorsqu'il se tenait debout, son corps menu lui donnait l'aspect d'un paisible grillon. Son visage était doux et creusé de rides ; il n'avait plus aucune dent, ce qui lui dessinait un sourire étrangement enfantin. Il aidait Tuân car il ne pouvait, disait-il, laisser un homme risquer la mort : il ne craignait rien des soldats nord-vietnamiens, car il était un vieux grison et, de plus, un vrai prolétaire ; il possédait peu de chose et ne représentait nul danger. De fait, il ne fut pas inquiété et, malgré la bataille, il resta dans sa maison qui fut épargnée par miracle de la destruction. Il avait toujours vécu à Huê et n'aurait su où aller ; de toute façon, avec sa jambe, il ne pouvait marcher très loin.

Lorsque Chu Hai venait apporter à Tuân de l'eau et de la nourriture, il prenait soin de les mettre dans un large cabas au-dessus duquel il disposait des pièces de vélo. Il laissait la porte de la remise entrouverte et poussait les caisses pour soulever la trappe. Il appelait Tuân et lui tendait les provisions ; il en profitait pour prendre de ses nouvelles et lui raconter ce qui se passait en ville. Chu Hai dit à Tuân qu'il ne devait pas bouger de là où il était. Les troupes du Viêt-cong faisaient le tour de la ville pour trouver les ennemis politiques qui n'avaient pu s'enfuir. Ils avaient constitué des listes de contre-révolutionnaires : les militaires, les bourgeois, les fonctionnaires, les intellectuels, tous ceux qui étaient pour eux des traîtres. Ils les rassemblaient dans des bâtiments publics où, de l'extérieur, on voyait les prisonniers regroupés à genoux, les mains liées derrière le dos. Ils étaient venus dans la résidence et avaient arrêté une vingtaine de personnes. Tuân avait la chance de ne figurer sur aucune liste car il n'était que de passage à Huê. Personne ne le connaissait et ne pouvait trahir sa présence.

La cave avait été aménagée par Chu Hai pour lui servir d'abri au cas où sa maison serait détruite. Il y avait installé une table pliante et un lit de camp isolé du sol par un tapis en feuilles de latanier. À côté se trouvait une lampe à pétrole, avec une réserve de combustible et des allumettes ; dans un grand carton, il avait entreposé des gâteaux et des fruits secs pour une semaine. Tuân vécut ces jours de retraite sous terre comme du fond de la cale d'un navire qui glisserait sur des flots noirs. Dans son imagination, il se sentait ballotté par des courants incertains, tandis que lui parvenait de loin la rumeur des combats. Les explosions faisaient tanguer le sol et vaciller la flamme de sa lampe ; parfois, les pieds de sa table basculaient lorsqu'un roulis plus puissant venait heurter la coque.

Sur ce bateau fantasmatique, les jours s'écoulaient au rythme de la bataille qui ravageait le ciel d'un orage invisible au-dessus de sa tête. Les obus qui frappaient la ville résonnaient avec le fracas du tonnerre ; les incendies brillaient aussi intensément que des éclairs entre les nuages. Cette tempête était d'autant plus terrible pour Tuân qu'il était prisonnier d'une paradoxale tranquillité. Sa solitude lui était douloureuse, car elle faisait resurgir les fantômes de sa mémoire : des ombres planaient sur le pont, des corps errants traversaient la voûte étoilée qui se reflétait sur l'océan. Ainsi, en fermant les yeux, il sentait la présence errante de son père et de sa mère ; Tiên se tenait devant lui avec un regard absent, sans qu'il pût la prendre dans ses bras. Ses heures d'angoisse étaient traversées de tremblements, de fièvres, de nausées.

Les images de sa fuite du premier jour lui revenaient sans cesse à l'esprit. Les regards de Loan et de ses filles, leurs visages ne le quittaient plus, gravés dans sa rétine. Il espérait qu'il retrouverait leurs corps, qu'ils n'auraient pas été fauchés par les bombes ou mangés par les bêtes. L'idée qu'elles reposaient sous de simples branches, au milieu de la bataille qui faisait rage, lui était insupportable. Quand il s'endormait, il était la proie des cauchemars. De nouveau, il se revoyait égaré au milieu d'une foule – il portait dans ses bras la petite Tuyêt évanouie – du sang coulait sur ses mains, sous un ciel percé de bombes, et il se réveillait en sursaut, secoué de convulsions. Alors tout se noyait dans la nuit, lorsque le navire de son imagination repartait à la dérive et qu'il s'endormait jusqu'au lendemain.

Tuân ne chercha jamais à connaître le détail des combats, car il lui était trop pénible de savoir. La bataille de Huê se déroula pour lui en longues heures d'incertitude, nourries d'un écho lointain. Après la violence des premiers jours de l'offensive, le bruit des explosions s'était espacé. De là où il était, il devinait que les affrontements laissaient peu à peu la place au calme. Il y avait parfois des moments de recrudescence où les mitrailleuses semblaient tirer au-dessus de sa tête, lorsque la situation basculait d'un côté ou de l'autre, sans qu'il sût lequel – il y avait des morts pour rien, car un bloc de maisons était perdu puis reconquis, et encore reperdu, ainsi que Chu Hai le lui racontait ensuite. Enfin, au fil des jours, le silence s'était réinstallé à mesure que les troupes nord-vietnamiennes investissaient la ville, tandis que l'armée du Sud en organisait le siège.

Dans la cave, Tuân vivait dans une pénombre où la lumière extérieure ne pénétrait que par une trappe ajourée. C'est pourquoi il laissait brûler en permanence sa lampe qui ne produisait qu'une faible lueur, souvent défaillante, mais qui lui permettait, malgré tout, d'échapper à l'entière obscurité. En ces heures solitaires où le silence se drapait de noir, il vécut enveloppé d'un voile que ne traversait aucun bruit ou très peu – et où son ouïe, qui semblait s'être aiguisée, lui permettait quelquefois de reconnaître le murmure du vent sur le toit de la remise ou, plus étrangement, de percevoir des sons intérieurs. Ce fut ainsi que Tuân ressentit certaines des émotions les plus vives de son existence. Un jour, alors que rien ne troublait la tranquillité de sa retraite, il crut entendre des sons légèrement flûtés où ne résonnait rien d'humain : c'étaient des chants d'oiseaux, un matin de printemps, lorsque le soleil s'est levé plus tôt qu'à l'ordinaire et que se réveille la nature. La musique éveillait l'image d'une prairie vert tendre, humide de rosée où poussaient des orchidées et des violettes ; une brise fraîche passait entre les arbres, et il avait l'impression d'en ressentir le souffle sur sa peau.

Tuân découvrit ce paysage avec incrédulité, étonné de voir apparaître devant lui une image aussi claire que si elle avait été imprimée sur ses paupières. Ce tableau présentait une scène qu'il pouvait dérouler à loisir – dans le pré, il aperçut un sentier de graviers qui menait vers un chemin montagneux. Il le suivit jusqu'à une rivière précédée d'un ruissellement cristallin ; elle s'écoulait près d'une grotte qui s'ouvrait à la manière d'une anémone grise. À l'entrée, une créature aux longs cheveux noirs était assise sur la rive ; son visage était d'une merveilleuse beauté, cependant ses yeux étaient tristes et elle fredonnait à mi-voix sans le voir, en tenant une rose fanée entre ses mains. Elle avait un corps de fines écailles semblable à celui des sirènes, et gardait sa queue sous l'eau dans un geste de pudeur comme pour cacher une chose honteuse. En approchant, Tuân comprit qu'elle était blessée, car du sang se mélangeait à l'eau près de ses nageoires qui se balançaient dans le courant ; alors qu'il s'avançait pour lui parler, les couleurs s'effacèrent, et peu à peu la scène s'évanouit.

Tuân fut ébranlé par les émotions qui le traversèrent alors. Il lui était incompréhensible que cette scène éblouissante lui soit apparue précisément dans l'obscurité où il se trouvait. À travers ce paysage cruel et paisible, il lui fut donné d'échapper à sa captivité et de ne pas perdre tout espoir. Cette vision eut lieu vers la deuxième quinzaine du mois de février et amena un renouveau inattendu, comme si la fraîcheur de la rivière entrevue en rêve avait dissipé l'engourdissement dans lequel il était resté jusque-là plongé.

L'étrange sirène l'avait délivré des ombres et lui avait permis de renouer avec la possibilité de vivre. Les cauchemars s'étaient alors estompés pour laisser la place à une mémoire plus douce, puis au goût de l'air frais et du printemps. Au milieu des souvenirs qui affluaient, des bribes de poésies apprises à l'école lui étaient revenues sans qu'il y fît attention. Elles avaient ranimé son désir de chercher des mots et des images pour se tirer de sa torpeur. Les jours suivants, il réfléchit à des vers qu'il ne nota pas, n'osant demander à Chu Hai du papier et de quoi écrire. L'un des poèmes nourris de ses rêveries se composait ainsi :

C'était le chant de la lune claire,
Le souffle des âmes tendres transpercées –
L'harmonie, les parfums, la clarté des rizières,
Les herbes nues et les aigrettes envolées.

Au loin, il s'en vint des pas sombres, des bruits sourds,
Était-ce pour moi et pour ma bien-aimée ?
Dans la nuit approchaient des loups
Qui follement formaient une ronde –
Dans la nuit, ils glapissaient et hurlaient
Qu'ils prendraient ma bien-aimée.

Emportez-moi à sa place, car elle n'est plus nulle part –
Son corps s'est perdu, ses membres dispersés,
Son sein ouvert, son cœur déchiqueté,
Et que tombent du firmament le soleil et les astres,
Car c'était une enfant et ses mains étaient de lait –
Que pleure le ciel et que tremblent les lacs,
C'était une enfant aussi douce que les liserons de mai,
Ses yeux étaient d'étoiles, sa peau était de miel –
Une fillette que l'aube à la rose ravissait –

Ils l'ont cherchée, suant sang et peine,
Ils l'ont cherchée, sans fin cherchée –
Mais ils ne l'ont pas trouvée,
Car jamais le ciel ni le sort
Ni l'enfer ni la mort
Ne pourront me prendre ma bien-aimée, mon amour,
Que je garde en mon cœur fidèle –
Comme l'ombre au corps attachée,
Ou le jour à la nuit.

Et quand je me suis réveillé,
Il ne restait plus rien de ces monstres maudits,
Sous le croissant de la lune claire –

Il ne restait plus rien, mais le souffle des esprits brillait sur la rivière,
Et le ciel chantait – et la lumière dansait.

Il y eut aussi d'autres essais de poèmes qui se perdirent dans la mémoire de Tuân au long de ses heures d'emprisonnement dans la cave de Chu Hai. Il y resta caché tout le mois que dura la bataille de Huê. Rien ne semblait se décider entre les deux camps lorsqu'un matin, vers la fin du mois de février, un événement inattendu se produisit. Tuân entendit des voix approcher et comprit que des soldats du Viêt-cong avaient pénétré dans la remise. Il éteignit sa lampe, et se réfugia au plus loin de la trappe, le souffle coupé. Les *bô dôi* remuaient les caisses d'outils à la recherche de quelque chose. Parmi les voix, il reconnut celle de Chu Hai qui leur demandait de ne rien abîmer. Un soldat lui avait répondu brutalement : « Qu'est-ce que tu crois ? Qu'on est venu pour jardiner ? » Tuân sut plus tard que dehors, une quarantaine d'hommes étaient rassemblés dans le parc. Seulement trois pelles, deux pioches, une brouette et un unique seau rouillé. Ce jour-là, pendant plusieurs heures, Tuân entendit creuser et déplacer de la terre. Le cliquetis métallique des outils se mêlait au bruit sourd des bottes, aux cris des soldats qui donnaient l'ordre de se dépêcher.

Vers midi, tout sembla s'arrêter ; ce furent d'interminables minutes d'angoisse. Dans le silence qui s'était rétabli, Tuân compta trente-six coups de fusil, suivis du mouvement des corps qui tombaient et qu'on poussait dans un trou. Il y eut quelques cris, des protestations inaudibles et la voix tranchante des *bô dôi* ; il perçut de nouveau le bruit sec des pelles et de la terre qu'on jetait par-dessus. Puis il entendit encore deux coups de feu. Les Viêt-cong avaient fait creuser une fosse aux prisonniers ; après les avoir exécutés, l'un après l'autre, ils avaient obligé les derniers à ensevelir leurs compagnons, avant de les abattre à leur tour. Une fois le travail terminé, ils redéposèrent dans la remise tout ce qu'ils avaient utilisé, avant de disparaître. Tuân vit plus tard que les pelles et les pioches étaient tachées de sang mêlé à la boue. Ces exécutions annonçaient la retraite imminente des soldats de l'armée du Nord – pourquoi avaient-ils fait cela avant de s'enfuir ? Il ne put jamais le comprendre.

Ce fut le moment où la bataille s'approcha le plus près de lui ; après cet épisode, il ne resta plus longtemps à attendre. Vers la fin du mois de février, les troupes du Viêt-cong s'étaient repliées après une lutte meurtrière, et la Citadelle impériale fut reconquise par l'armée sud-vietnamienne et les troupes américaines. Par prudence, Chu Hai avait gardé Tuân caché jusqu'à ce qu'il fût sûr qu'il n'y avait plus de danger. Le surlendemain de la fusillade du parc, il ouvrit la trappe en grand et dit à Tuân : « Vous pouvez sortir, nos soldats ont repris la ville. » Tuân resta un moment incrédule ; il remonta l'échelle et sortit de la remise. Dehors, il faisait un temps gris, il lui fut doux de revoir le ciel et la lumière voilée. Lorsqu'il serra la main de Chu Hai, Tuân vit un sourire éclairer les traits du vieil homme : son visage avait la douceur d'un galet poli par la mer. Il avait cependant l'air grave, car il savait ce qui attendait son hôte. En sortant de la résidence, Tuân découvrit le quartier ravagé par les bombes. Un incendie terminait de mettre à bas l'immeuble où vivaient son cousin et sa famille – cette image se grava dans sa mémoire d'un feu qui ne devait jamais s'éteindre.

XX

La retraite de Tuân lui avait épargné jusque-là la vision du désastre. Il en fut frappé de plein fouet. L'atmosphère avait l'odeur épaisse de la mort. Dans la rue, les gens essayaient de quitter la ville au plus vite. Des femmes avaient attaché leur enfant sur leur dos et portaient les affaires qu'elles avaient pu sauver. Il y avait des blessés sur des brancards ; des infirmiers en blouse blanche improvisaient des soins à l'arrière d'une ambulance. À côté, des dizaines de cadavres étaient étendus sur le trottoir, recouverts de bâches. Tuân fut frappé par le regard vide d'un jeune garçon qui s'était laissé tomber près d'eux, l'air égaré, à la recherche de ses proches. Des soldats restaient postés aux carrefours, d'autres menaient leur patrouille en fumant une cigarette.

Le premier mouvement de Tuân fut d'aller vers l'endroit où avait eu lieu l'exécution dont il avait entendu les coups de feu depuis la cave. De loin, il aperçut du monde sur place. On employait des prisonniers du Viêt-cong à déterrer les corps ; ils étaient trois à creuser sous la garde de Sud-Vietnamiens et d'un Américain. Dans la fosse, il y avait des dépouilles épouvantables à décrire, désarticulées et sanglantes ; un médecin essayait de les identifier, un carnet à la main. On avait fait venir un bonze pour célébrer les rites. Tuân ne pouvait croire à la réalité de ces morts avant de les voir ; il détourna les yeux de l'horrible spectacle. Il quitta le parc de la résidence, avançant au milieu de la ville effondrée et des bâtiments en ruine.

Il partit à la recherche de Loan et des enfants, espérant que l'endroit où il les avait laissées n'avait pas été détruit. Il retrouva sans difficulté la rue, mais eut du mal à reconnaître l'endroit où il avait tiré leurs corps, tant les bombardements avaient changé l'aspect des lieux. En arrivant, il fut soulagé de constater que le bosquet de palmiers existait toujours, mais les branches dont il les avait recouvertes avaient été déplacées. Lorsqu'il s'approcha, il découvrit avec effroi que leurs corps étaient déjà décomposés, leur peau avait pris une couleur violacée, des chiens leur avaient mangé les entrailles, des insectes voletaient autour d'elles et se posaient pour sucer le sang. Une senteur atroce, nauséabonde, se dégageait des cadavres.

Tuân ferma les yeux, mais il n'eut pas peur ; il se sentait comme dans un rêve détaché de la dureté du réel. Il s'agenouilla et dit une prière – il ne se souvint plus à qui, ni à quoi, au Ciel ou à la Terre – pour demander le repos de leurs âmes sans l'espoir d'être exaucé. Puis il alla chercher des draps pour recouvrir les dépouilles et une charrette pour les transporter. Il prit conscience plus tard que la seule chose qui le préserva de la folie fut que, durant ces moments, il lui revint à l'esprit le poème de Rimbaud à Ophélie. En nettoyant les corps avant de les envelopper dans leurs linceuls, il ne pensait pas à l'horreur de ces morts, mais il essayait de retrouver les vers qu'il connaissait par cœur au lycée. Cela commençait par *Sur l'onde calme et noire où dorment les étoiles* – les vers étaient une image de la beauté. En passant un linge humide sur leurs mains où le sang avait bruni, il se récitait – *Les saules frissonnants pleurent sur son épaule, Sur son grand front rêveur s'inclinent les roseaux ;* puis, en lavant leurs visages défigurés, il se disait encore – *un chant mystérieux tombe des astres d'or* – persuadé que la magie des vers rendrait leur disparition moins définitive, et leur redonnerait un souffle de chaleur tandis qu'il les chargeait sur la charrette.

Après avoir récupéré les corps de Loan et des filles, Tuân partit à la recherche de son cousin. Le poème l'accompagna jusqu'au Quartier général de l'armée républicaine, qui avait subi de sévères bombardements. Il se présenta à l'antenne médicale et demanda si l'on savait ce qui était arrivé à Duy. Un soldat fit une recherche, car les identifications étaient déjà bien avancées. L'officier de service revint lui dire que son cousin était mort la première nuit de l'offensive. Il avait pris les armes avec le reste de l'équipe de garde, et il avait été tué par les Nord-Vietnamiens au cours de l'assaut. On pouvait lui remettre le corps, qui avait été enterré provisoirement en attendant d'être récupéré par la famille.

Des hommes l'aidèrent à retrouver son cousin et à le charger sur la charrette à côté de sa femme et de ses enfants. Tuân traversa alors la Citadelle impériale dévastée par les combats. Il peina à trouver son chemin dans les rues qu'il avait vues si animées avant le Têt et qui n'étaient plus à présent qu'un champ de ruines : des quartiers avaient été rasés, des temples calcinés, les murailles étaient barrées de longues fissures. Sous les flamboyants qui restaient debout, épargnés par le souffle des bombes, il y avait d'innombrables décombres ; des survivants y recherchaient un souvenir qui n'aurait pas été détruit. Dans la Cité pourpre, le palais impérial était meurtri de balles, les pavillons éventrés, les vases des génies en morceaux ; sur l'esplanade sacrée, les corps de soldats du Viêt-cong et de l'armée américaine gisaient pareils à des pantins de toile. Le drapeau de la République du Sud-Vietnam, dérisoire vainqueur d'une bataille perdue, flottait de nouveau sur le tertre du Cavalier du Roi. Tuân lui tourna le dos, il franchit l'enceinte fortifiée et traversa les douves jusqu'à apercevoir la rivière des Parfums. Le pont Nguyen Hoang était brisé en deux ; on avait installé une passerelle légère sur laquelle Tuân fit traverser les corps un à un. Tandis qu'il portait les petites filles enveloppées dans leur drap, l'image d'Ophélie l'aida encore à avancer – il fermait les yeux et se répétait : *Tes grandes visions étranglaient ta parole – Et l'Infini terrible effara ton œil bleu* –, c'était le fil ténu qui le reliait à la lumière. Il se ferma à tout le reste : les chairs décomposées, leur froide rigidité, l'odeur de la pourriture, jusqu'aux derniers vers – *il a vu sur l'eau couchée en ses longs voiles La blanche Ophélia flotter comme un grand lys*. Sur le chemin, ce furent ces mots qui le gardèrent en vie.

Après avoir quitté Huê, Tuân emprunta une voiture à cheval et prit la direction du sud. Des milliers de réfugiés se pressaient sur la route. Au-dessus de leurs têtes, des hélicoptères soufflaient un vent assourdissant qui les contraignait à se baisser sur leur passage. Tuân se joignit au cortège, et il laissa monter sur sa carriole plusieurs personnes à pied. Des chars américains sécurisaient la zone. On voyait des formes étendues par terre, recouvertes de vêtements. Au bord des rizières, on croisait des blessés en attente d'être évacués et des troupes à pied. Des journalistes prenaient des photographies. Presque une journée fut nécessaire à Tuân pour parcourir la vingtaine de kilomètres qui le séparaient de Shui sur des routes défoncées et coupées de barrages. Il arriva en vue de la maison vers la fin de l'après-midi. Lorsque ses oncles et tantes aperçurent la voiture, ils coururent à sa rencontre. Par bonheur, ils étaient sains et saufs. Quand Tuân vit Hai, il comprit que le Viêt-cong était venu chez eux : il avait été frappé au visage par un *bô dôi* à cause des lunettes qui lui donnaient un air d'intellectuel. Il ne pouvait plus ouvrir qu'un œil, et ses joues étaient recouvertes d'hématomes violacés. Hiêu et les femmes n'avaient pas été maltraités. Cependant, ils avaient été classés propriétaires terriens : on avait fouillé leur maison et pris tout ce qui avait de la valeur. Mais ce n'était rien face à ce qui arrivait dans la charrette. Il n'y avait pas de mots pour décrire la mort de ces enfants et de leurs parents dans une guerre monstrueuse. L'idée de la douleur n'est supportable que si elle reste sans visage, mais les traits des fillettes, de Loan et de Duy ne quittaient pas Tuân. On emporta les quatre corps dans le cimetière du village, où ils rejoignirent la parcelle familiale. On leur creusa une tombe fraîche près du stupa bleu du grand-père, et on leur déposa des offrandes de fleurs au pied de la stèle de granit rose qui recevrait leurs noms. Les moines accomplirent les rites funèbres et brûlèrent du papier d'or, des habits et des jouets pour les accompagner dans l'éternité. Les tantes pleuraient, les hommes évitaient de se regarder. Non loin d'eux, des voisins enterraient leurs proches, et un déchirant silence pesait sur ce gâchis de vies humaines et une si grande absurdité.

Tuân resta à Shui une semaine pour aider sa famille à réparer ce qui avait été brisé lors du passage des Nord-Vietnamiens. Il fallait redresser l'autel des ancêtres qu'ils avaient renversé, ajouter les photographies des derniers défunts ; puis racheter des meubles pour remplacer ceux qui avaient été volés avec l'argent et la nourriture. Il fut émouvant pour lui de se retrouver dans la maison de son enfance à remettre tout en ordre avec ses oncles et ses tantes affaiblis par l'âge. Pendant ce temps où les souvenirs anciens ne cessèrent de l'assaillir, il se recueillit chaque soir au pied du plaqueminier du verger, comme il l'avait fait l'année de ses dix-sept ans après le départ de Tiên et Cô Anh. Il y restait seul jusqu'à la nuit ; il priait l'arbre en silence et lui confiait ce qui avait été difficile pendant l'offensive du Têt. Il lui dit aussi des secrets dont il ne pouvait parler à quiconque : il n'en avait ni la force ni l'envie, convaincu par ailleurs que cela n'intéresserait personne. Enfin, lorsque la semaine fut écoulée, il fit ses adieux à sa famille et à l'arbre à kakis du jardin, avec le sentiment qu'il ne les reverrait plus. Tuân prit le train pour Da Nang, puis Saigon.

Le lendemain, il déposa une demande de visa pour l'étranger : la France, la Belgique ou le Québec, peu lui importait. Après ce qu'il avait vu à Huê et les événements qu'il avait traversés, il ne voulait plus qu'une seule chose : quitter le Vietnam pour toujours. Il attendit quatre mois une réponse ; lorsqu'il reçut un courrier l'autorisant à partir pour Paris, il ressentit une joie mêlée d'angoisse – c'était la chance d'un nouveau départ, même s'il était teinté de sang. Pendant ces quelques mois à Saigon, Tuân vint chaque jour rendre visite à Éliane, qui avait été elle aussi épargnée par l'offensive du Têt en trouvant refuge à l'ambassade du Canada. Ils essayèrent de renouer le fil de leur vie d'avant, mais la guerre avait tout bouleversé. La tendresse qui les liait les préserva de sombrer dans la haine du camp ennemi. Mais le bonheur de se retrouver en vie était terni par le deuil impossible de la famille ou des amis qu'ils avaient perdus. Cependant, Tuân pouvait se raccrocher à l'espoir du départ, tandis qu'Éliane se sentait prise par la mélancolie de l'âge. Après les récents affrontements, le consulat de France lui avait proposé de la rapatrier, mais elle avait préféré rester dans sa maison, auprès de la tombe de son mari. Elle ne partirait pas, même si cela signifiait qu'elle ne reverrait pas son pays. Le dernier jour, ils se dirent adieu, ne sachant s'il leur serait donné de se revoir.

Sous le vent
des aigrettes
de pissenlit

ou des douves
jaunes –

La brise caressait
les fins roseaux

– plus un souffle –

il n'est rien

que la douceur
du chèvrefeuille

et le parfum
des li l a s

blancs
enfla m més

XXI

Tuân quitta Saigon au mois de septembre 1968. C'était la première fois qu'il prenait l'avion. Il traversa, incrédule, les hauteurs qui le séparaient du ciel. Le vol fut agréable ; des heures à peine fatigantes tant était vive son envie de partir. Après une escale à Bangkok, il atteignit l'Europe, puis la France. Lorsque le sol fut en vue, il fut surpris du paysage qui se déployait. Du hublot, on voyait des forêts, des champs, des habitations former une mosaïque de verts et de bruns, sillonnés de rubans de bitume. Ici et là, les nuages dessinaient des ombres mobiles sur le tableau ; parfois, une rivière serpentait entre les arbres.

L'atterrissage se déroula sans encombre à l'aéroport d'Orly, Tuân avait la tête qui tournait. À la sortie de l'avion, il fut accueilli par l'air frais du matin ; les couloirs étaient sombres et uniformes, les bâtiments impersonnels. Cependant les visages qu'il croisait lui semblaient étrangement beaux, non pas en raison de quelque naïve illusion, mais parce qu'ils représentaient pour lui une altérité aimée – celle des yeux clairs, des cheveux châtains ou blonds qu'il avait si rarement vus en vrai. Il fut frappé par les conversations dans l'aérogare et les écriteaux en français. Son dépaysement était total, cependant il comprenait cette langue par une sorte d'improbable miracle.

Appréhendant l'agitation de la capitale, Tuân préféra ne pas aller à Paris. Il prit une navette pour la gare du Nord et y acheta le jour même un billet de train pour Chantilly. Il laissa derrière lui l'architecture grise et les fils à haute tension au-dessus de la voie ferrée, traversa la banlieue parisienne avant de déboucher sur la campagne. Il regardait les étendues qui défilaient, il n'arrivait pas à identifier les plantes et les cultures. Bien qu'il connût ce pays à travers les livres, tout lui semblait exotique : la nature, les maisons, les noms des stations – Les Noues – Louvres – La Borne-Blanche – Orry-la-Ville-Coye, un mot qu'il ne sut comment prononcer la première fois. Enfin, il arriva à sa destination : Chantilly. Tuân avait ainsi traversé la moitié du monde pour descendre sur ce quai de gare.

Il déposa ses bagages dans un hôtel du centre, où il resta peu de temps avant de trouver un appartement meublé le lendemain. D'une façon curieuse et cruelle, ce fut cette nuit-là, alors qu'il ne parvenait pas à s'endormir, qu'il pensa pour la première fois au suicide. C'était absurde pour un survivant de la bataille de Huê qui venait d'arriver dans le pays dont il rêvait depuis sa jeunesse. S'il n'avait pas été seul, sans doute aurait-il vécu différemment cette nouvelle vie. Car il devait être grisant de partager l'incertitude des renouveaux avec un ami ou un parent... Mais il n'avait personne, et il sentait naître en lui la douleur de l'exilé ; puis, au cours des mois qui suivirent, la culpabilité de n'avoir pas *su*. Car ce fut paradoxalement en France qu'il découvrit l'étendue des horreurs qui avaient dévasté le Vietnam.

Ici, la presse projetait une lumière crue sur cette guerre, alors qu'à Saigon, il était trop dur de savoir et l'on se laissait aveugler. Devant les analyses des journalistes, on se demandait où résidait la pire barbarie : était-ce qu'une mère enterre son enfant ? Qu'on envoie des adolescents au massacre ? Qu'un fils voie égorger ses parents ? Qu'un bébé naisse infirme à cause des agents chimiques largués sur son village ? Ces questions formaient un kaléidoscope d'atrocités dont les fragments dessinaient, en tournant sur eux-mêmes, le visage d'une petite fille au regard absent – au corps difforme – une vie volée – il n'en pouvait supporter davantage. Mais ce fut aussi en France qu'il découvrit à quel point il aimait son pays, autre paradoxe incompréhensible des exilés. Durant les derniers mois, l'atmosphère de Saigon lui était devenue insupportable : la chaleur humide, le vacarme des rues, la nourriture, les odeurs, tout l'écœurait. À présent, il était rattrapé par le sentiment de manque de cela même qu'il avait fui. Chaque jour lui rappelait combien sa terre natale lui était essentielle malgré la guerre et ce qui l'avait rendu incapable d'y vivre. Elle était comme une part vivante de lui-même dont il devait apprendre à vivre séparé – la douceur des soirs, la verdeur des rizières, le flot bleu-gris des rivières, le concert des klaxons dans la ville, étaient devenus des blessures ouvertes sur un passé qui ne le quittait pas.

Tuân avait trouvé une chambre confortable, au premier étage d'une maison amiénoise décorée d'une frise vernissée. Ses fenêtres donnaient sur une courette où poussait un pied de lierre sur un muret de briques. La maison se trouvait rue Mélusine face à la Petite Pelouse, non loin du château de Chantilly où l'on pouvait aller à pied en suivant un chemin de terre. En franchissant pour la première fois les grilles de la demeure des princes de Condé, il découvrit avec stupéfaction la beauté d'un parc à la française : les jardins dessinaient des rectangles verts creusés de miroirs liquides et ornés de fontaines, agrémentés d'allées et de bois. Le château était bordé de douves limpides et entouré d'étangs. Ses colonnes surmontées de dômes, ses murailles aériennes, ses immenses fenêtres, ses terrasses majestueuses le laissèrent sans voix ; d'autant que cette première visite eut lieu à l'automne et que la forêt flamboyait de feuilles écarlates. Tout ne lui sembla pas néanmoins étranger dans son nouvel environnement cantilien : la mairie, l'église, certaines maisons avaient pour lui un air familier, car leur architecture s'était acclimatée au Vietnam. Ce fut sous leur regard serein lui rappelant les quartiers coloniaux de Saigon qu'il s'habitua à sa nouvelle vie, à parler le français chaque jour, à aller au marché le samedi matin ou à acheter un journal à la maison de la presse.

Il prenait parfois le bus pour visiter les alentours ; sur le trajet, il se plaisait à lire les noms de rues sur leur plaque métallique : avenue de Montmorency, place Versepuy, allée des Bourgognes, qui ne laissaient de le dépayser. Parmi les excursions qu'il fit les premiers mois après son arrivée en France, il se souvenait de l'émotion intense ressentie en entrant pour la première fois dans la cathédrale de Senlis. Elle se trouvait sur une petite place au milieu de la ville ancienne, au bout d'une rue pavée. Sa façade grise présentait un abord sévère, mais en entrant, on était frappé par la clarté de l'édifice et l'élévation de sa flèche qui vous entraînait par un effet de vertige vers le ciel. De chaque côté, des rosaces laissaient filtrer la lumière comme des flammes serties de couleurs. En avançant vers le chœur, Tuân fut touché par la solennité des vitraux aux reflets de sang et d'eau. Il y avait là plus que la magnificence qu'il avait admirée au château de Chantilly. Il pénétrait dans une enceinte sacrée, et peu importait qu'il n'en comprît pas les symboles parce qu'il avait peu de connaissance de la tradition chrétienne : il ressentait l'impression d'éternité qui se dégageait de ces pierres chatoyantes de soleil. Au cours de ses promenades dans les environs, il ne manquait pas de venir s'asseoir de temps à autre dans l'une des chapelles de la cathédrale pour en observer l'architecture ou les scènes d'un vitrail consacré à la vie de sainte Catherine ou Saint Louis.

Peu après son arrivée en France, Tuân s'était inscrit en lettres modernes à l'université, suivant le cursus habituel de la maîtrise jusqu'au doctorat. Il avait commencé des recherches sur Nerval avec enthousiasme, mais, au bout de quelques années, il peina de plus en plus dans son travail. Peut-être était-ce devenu trop abstrait ou avait-il atteint les limites de ce qu'il pouvait faire ? Il ne parvenait plus à étudier seul, à analyser les textes, à relever des occurrences, à suivre la critique dont il ne comprenait pas les problématiques. À force d'entrer dans les œuvres, il se dispersait, et perdait de vue les raisons pour lesquelles il avait un jour aimé *Petits châteaux de Bohême* ou *Les Chimères*. Il avait le sentiment de se livrer à un effort inutile jusqu'au moment où, par chance, les sonorités d'un poème le remettaient en selle ; et, ainsi, il n'abandonnait pas le fil de sa thèse.

Tuân avait trouvé un emploi à la bibliothèque des Fontaines à Gouvieux. Chaque jour, il traversait Chantilly pour se rendre dans la ville voisine. Il passait sous le pont de chemin de fer et entrait dans le parc où se situait le bâtiment où il travaillait. Il s'installait dans l'une des salles de lecture, fréquentées surtout par des étudiants et des séminaristes parce que le fonds était spécialisé en théologie. Il avait appris par la pratique le travail de magasinier, puis de bibliothécaire : il y avait dans le catalogage une rigueur qui lui plaisait, de même que la fraîche pénombre des magasins et l'alignement des volumes, dont certains recelaient des enluminures splendides. À l'heure du déjeuner, il pouvait aller se promener dans les allées verdoyantes, admirer le manoir de briques roses et l'étang qui agrémentait le jardin. L'après-midi, il profitait du calme de la bibliothèque pour lire et avancer dans sa thèse, rarement interrompu par des lecteurs à la recherche d'un ouvrage. Considérée depuis le Vietnam, sa nouvelle existence devait paraître idéale.

Pendant que son pays vivait les derniers temps d'une guerre fratricide, Tuân s'accoutumait à sa vie française où la paix fut sans doute ce qu'il y eut de plus déstabilisant. Pour lui qui avait traversé des décennies de violence jusqu'à la bataille de Huê, le bruit des bombes, l'explosion d'un attentat, le décompte des morts étaient entrés dans l'ordre des choses. Ici, il ne parvenait pas à s'habituer à l'invariable tranquillité du quotidien et à l'idée que les événements qui déchiraient son pays étaient devenus une part des actualités dans les pages des journaux ou bien à la radio. Après son départ de Saigon, les combats s'étaient poursuivis : les bombardements embrasaient des villages ; les destructions, les massacres se succédèrent selon une mécanique infernale – quelle folie conduisait certains hommes à perdre toute humanité ? Au début de l'année 1975, alors que la chute de Saigon se révélait inéluctable, les mauvais rêves étaient revenus le hanter.

Il était de nouveau envahi par les images de la première nuit de l'attaque du Têt. Il se revoyait avec Loan et ses filles au milieu d'une foule qui fuyait les combats. Des bombes sifflaient au-dessus de leurs têtes, un incendie ravageait la ville. Dans un cauchemar qui revenait sans cesse, il s'était retrouvé avec elles dans une rue défoncée par les trous d'obus, au sol recouvert de décombres. Mais, à mesure qu'ils avançaient, la Citadelle impériale s'effaçait, le paysage se transformait peu à peu en un champ pétrifié. Alors qu'ils cherchaient leur chemin, Tuân se retournait et s'apercevait que ses compagnes avaient disparu. Il était seul et continuait à marcher, en essayant de se convaincre qu'il les retrouverait plus tard. Au loin s'élevait un flamboiement intense... À mesure qu'il approchait, l'air se mettait à resplendir de flèches pleuvant du ciel dont les rais de lumière le transperçaient. Il criait sans qu'aucun son ne sortît de sa bouche. Autour de lui, il y avait des aboiements affreux – des chiens s'attaquaient aux cadavres qui gisaient sur le sol, ils mangeaient les visages, dévoraient des ventres nus jusqu'à ce qu'émerge le corps inerte d'un bébé. Tuân se réveillait en sursaut dans ce marais monstrueux.

Son cœur battait fébrilement dans sa poitrine. Il ne pouvait supporter la douleur d'avoir laissé Loan et les enfants derrière lui – elles avaient été emportées, alors qu'il était resté paisiblement dans sa cave et vivait à présent dans un confort indécent, elles avaient été broyées par le mauvais sort, comme Tiên et Cô Anh des années auparavant, sans qu'il ait rien pu faire pour l'empêcher. La pensée de mourir qui était née au cours de sa première nuit passée en France lui revenait dès lors sans cesse, à la manière de légères vagues messagères d'une marée invincible

– car il ne pouvait supporter plus longtemps cette injustice et l'horreur de la mort de tant d'innocents. Accompagnant le spectre du suicide lui était venue la question du moyen : quelle voie suivre pour ne pas commettre d'erreur, être sûr de ne pas revenir en arrière ? Ni penser à rien, ni souffrir ? Longtemps il n'avait pu se décider... À la fin, il avait trouvé la solution en lisant un entrefilet de journal : un jeune homme s'était allongé sur les rails de la ligne Paris-Amiens après avoir pris un somnifère – l'acte semblait serein, implacable. C'était l'image qui l'avait réveillé ce matin de mars, alors que l'aube pénétrait dans sa chambre avec la vivacité d'une flamme.

XXII

Forêt de Chantilly, route des Tombes

Tuân avait marché de longues heures depuis qu'il était sorti de chez lui ce matin-là. Il avait traversé les allées forestières à la recherche des premières jonquilles du printemps ; et, sous les arches de rameaux baignés de pluie, il était repassé par son enfance et les événements qui l'avaient amené jusqu'en France. L'obsession de mourir ne le quittait plus – ce serait pour aujourd'hui. Se coucher sous un train, c'était une idée horrible ; mais il portait en lui une si grande douleur et une telle incapacité à l'exprimer qu'il ne savait comment y échapper. Il se dit qu'il le ferait à la fin de cette promenade. Il avait des somnifères dans la poche de son manteau. Il irait prendre un verre dans un café et avaler ses comprimés. Ensuite, il remonterait la voie de chemin de fer jusqu'à un endroit éloigné dans la forêt. Il apporterait du vin pour se donner courage ; et, le sommeil venant, il s'allongerait sur les rails. Il n'entendrait ni le cliquetis du train, ni les vibrations de plus en plus fortes sur les barres d'acier. L'écrasement le réveillerait, mais ce serait la fin : les morts qu'il avait vus à Huê viendraient le chercher pour un dernier voyage.

Tuân pensa à ses parents ; s'il avait encore eu son père ou sa mère, il n'aurait pas conçu ce macabre projet. Il avait assez souffert de leur absence pour savoir combien il eût été insupportable pour eux de le voir mourir, à plus forte raison de sa propre main, et cela aurait été une raison de continuer. À présent, il avait à l'esprit de les rejoindre dans une autre vie. S'il accordait foi aux traditions, ses parents et lui pourraient se réincarner sous une nouvelle forme, une plante ou un animal, en quelque endroit du monde. Ils seraient réunis et goûteraient la joie d'être ensemble dans la douceur des jours et des nuits : ces croyances n'étaient peut-être pas qu'une fable. Tuân n'avait pas écrit de mot d'adieu. Sa famille ne comprendrait pas ; pour ses oncles et ses tantes, vivre en France était une telle chance… Il préférait qu'ils ne sachent pas, ou le plus tard possible. Il n'écrirait pas non plus à Éliane : c'était trop difficile de lui dire adieu et il n'aurait pas trouvé les mots. Il fit le vide dans son esprit pour ne plus penser à ceux dont le souvenir pouvait le retenir. Quand on retrouverait son corps, que penserait-on ? Peut-être qu'il s'était suicidé pour des raisons amoureuses, mais ce n'était pas le cas ; il mourrait sans avoir tenu aucune femme dans ses bras. Peut-être qu'on penserait à des ennuis professionnels ? Mais ses collègues diraient à la police que tout se passait bien à la bibliothèque.

Il piétinait certes dans sa thèse, mais cela arrivait à tous les étudiants, il n'y avait là rien qui expliquât sa mort. Personne ne comprendrait ; de toute façon, cela n'avait aucune importance, il serait vite oublié.

Tuân suivait la route des Tombes qui menait aux étangs de Commelles. C'était un endroit paisible constitué de quatre lacs disposés le long de la Thève, au cœur de la forêt. En arrivant devant les rives, il fut ébloui par le miroitement de l'eau qui lui piqua vivement le regard. Tuân fit quelques pas vers le premier étang, dont la surface s'étendait avec la clarté d'une prairie de boutons-d'or, et il vit apparaître au loin le château de la Reine-Blanche. C'était un logis de pierre perdu entre les arbres et les lacs. Ses fines tourelles étaient surmontées d'une terrasse sculptée de trèfles à trois lobes ; sous son toit en pointe, la façade était ornée de statues de chevaliers en armure, portant casque et bouclier, accompagnés d'animaux fabuleux. Ils étaient les défenseurs de la Dame des lieux et gardaient sa fenêtre ouverte sur un balcon où menaient des escaliers ouvragés. À son pied coulait la Thève ; et, chaque fois que Tuân contemplait cette perspective, il pensait à l'un des poèmes de Nerval qu'il préférait.

Il est un air pour qui je donnerais Tout Rossini, tout Mozart et tout Wèbre, Un air très vieux, languissant et funèbre, Qui pour moi seul a des charmes secrets – ces vers évoquaient la magie d'une musique grâce à laquelle l'époque romantique rejoignait celle de Louis XIII par le détour d'un coteau vert, d'un château de briques, d'une rivière. Pour Tuân, le paysage qui se déployait sous ses yeux avait une semblable vertu. Il en avait été frappé à la cathédrale de Senlis un jour où ses pas l'avaient mené devant le vitrail de la chapelle de Saint Louis. En effet, alors qu'il observait cet ouvrage sur lequel figuraient différents épisodes de la vie du Roi, il avait remarqué que le château de la Reine-Blanche, qui n'avait pourtant été restauré en style néogothique qu'au XIXe siècle, avait été surajouté à l'une des scènes médiévales : sa silhouette, juste un peu plus élancée que dans la réalité, avait été tracée sur un morceau de verre ivoire et posée en arrière-plan près de la régente Blanche de Castille portant le jeune Louis sur ses genoux – comme si l'art pouvait abolir le temps et unir le siècle de la petite-fille d'Aliénor d'Aquitaine et celui de Nerval à travers une contemplation sereine. Ainsi, la perspective qui se déroulait devant lui, où les saules effleuraient l'eau jusqu'au château, faisait se rejoindre mystérieusement le passé et l'heure présente, le réel et la fantaisie de son imagination.

Cette image en tête, Tuân avança sur la rive du lac où s'aménageait un étroit passage. Il entendit alors des pas légers courir vers lui, s'arrêter puis repartir en arrière. Il douta d'abord de ce qu'il voyait – c'était une apparition charmante : une petite fille de six ou sept ans se promenait avec sa mère sur le sentier. Elle portait une cape de velours bleu dont le col était recouvert d'une écharpe à demi dénouée. Ses cheveux blonds lui tombaient sur les épaules ; son visage était plus tendre que la rose, l'éclat de ses yeux plus brillant. Elle tenait à la main une jonquille et chantait un air enfantin. Ses lèvres paraissaient douces, et le son de sa voix d'une incroyable innocence. Elle sautillait, caressait d'un geste de la main la branche d'un arbre ; puis elle s'arrêta pour ramasser un caillou et courut encore avec la vivacité d'un oiseau. La mère était vêtue d'un manteau de laine rouge. Un bonnet couvrait ses boucles brunes et révélait des traits fins. Elle avait de longs cils, des yeux noirs teintés de reflets verts ; ses joues étaient rosies par le froid. En croisant Tuân sur le chemin, la petite fille prit la main de sa mère et le salua d'un regard ; la jeune dame lui sourit, et il fut frappé par la beauté de cette double apparition, qui lui sembla être le signe qu'il n'attendait plus.

Autour d'elles flottait un parfum qui lui revenait des profondeurs du temps, portant avec lui des heures mortes et renaissantes sous ses yeux. C'étaient soudain l'odeur du verger après la pluie, les fleurs de frangipanier, les camélias du jardin de son grand-père qui avaient traversé les années pour revenir jusqu'à lui. L'espace d'une seconde, il n'était plus sur un sentier du Valois, mais dans un jardin d'Annam sous un azur éclatant. La fraîcheur de la forêt printanière avait cédé la place à une chaleur humide, et la limpidité des étangs de Commelles à la verte douceur des rizières. Cette vision représenta pour Tuân un éclair de lumière – dans la grâce de cette enfant il retrouvait sa cousine Tiên, la petite fille tant aimée qu'il avait perdue et qui n'avait cessé de vivre en lui. Dans son regard, il revoyait le petit garçon qu'il avait été lui-même, serré jadis dans les bras de sa mère et qui à présent la portait comme un enfant dans sa mémoire. Cette rencontre qui n'en était pas une, car il n'avait guère échangé avec ces passantes qu'un sourire, pas même un mot, se grava dans le cœur de Tuân tel un heureux présage, lui disant que le passé n'était pas défunt, mais vivant en lui : dans son esprit capable de le faire revivre.

L'idée de suicide qui l'avait poursuivi jusqu'alors lui revint, avec le projet de se coucher sous un train le soir même, et il prit brusquement conscience de sa folie. C'était étrange, sans doute inexplicable ; mais là où le souvenir des personnes qu'il aimait – celui de sa famille et d'Éliane – avait échoué à le faire reculer, ce fut le hasard d'avoir croisé cette enfant et sa mère – et tout ce que leur vue avait réveillé en lui – qui l'avait tiré de son obsession mortelle, et lui avait montré l'absurdité de se laisser vaincre par la nuit. Leur beauté avait eu l'effet d'un électrochoc inattendu, d'un dessillement salutaire : elle lui rappelait, par contraste, qu'il avait touché à tant de laideur après la bataille de Huê, approché tant de furie qu'il ne devait pas se laisser engloutir lui-même. Qu'il meure aujourd'hui ne changerait pas l'Histoire ; ce geste ne ramènerait pas à la vie les morts injustes de son pays – les êtres humains s'envolaient aussi inexorablement que les feuilles, et maintenant qu'il avait traversé tout cela il devait, s'il le pouvait, tenir.

Tuân pensa au *Beau Ténébreux* de Julien Gracq et se sentit dérisoire. Il n'était pas un héros de roman ;

il n'avait rien du personnage d'Allan et n'était ni séduisant, ni mystérieux – il n'était qu'un suicidaire de pacotille qui allait rater sa sortie. Il avait eu l'idée de se tuer, et il n'irait pas jusqu'au bout ; il serait ridicule, et tant pis, se dit-il en souriant à demi ; il préférait cela à la gloire désespérée de la mort d'Allan à la fin du livre. Pour lui, le désastre avait déjà eu lieu – et le cataclysme qui l'avait frappé ne résidait pas seulement dans la guerre ou la fin d'un monde. Les étoiles s'étaient décrochées les unes après les autres, lorsqu'il avait vu les corps de ses parents étendus par terre dans la maison – lorsque la respiration de son grand-père était devenue si douloureuse qu'elle ne tenait plus à grand-chose et qu'il fallait prier pour qu'elle s'éteigne – lorsque son esprit s'était partagé en deux pour rejoindre sa cousine Tiên qui partait vers les montagnes du Nord, et quand il avait porté les corps sans vie de Loan et de ses filles sur la rivière des Parfums.

Il était stupéfait de se dire : j'ai été stupide, j'ai été aveugle, mais, à présent, j'y vois de nouveau, je ne meurs pas aujourd'hui, je ne dois pas mourir ce soir. Et il lui apparaissait par là même que la tâche qui lui incombait était de ne pas sombrer avec les peines anciennes, mais de raccrocher les astres au ciel pour rendre la vie à ceux qui l'avaient perdue. La poésie lui permettrait de le faire – elle seule pouvait raviver la flamme de regards éteints, rosir les traits d'un vieillard et rendre justice à une petite fille volée à l'avenir. Il écrirait pour les faire revivre sur le papier, pour dire l'amour absolu qu'il avait pour ses parents, son grand-père, sa tante, sa cousine – un sentiment qui avait existé et ne pourrait jamais être effacé. La poésie qui l'avait sauvé après la bataille de Huê, lorsque le souvenir d'Ophélie l'avait aidé à ensevelir les siens, le préservait à nouveau de mourir à son tour. Elle lui montrait ainsi qu'il devait consacrer sa vie à chercher une parole qui aurait cette force – celle de vaincre la mort et d'offrir un chemin vers la beauté, si quelque part elle existait.

Il repensa aux poèmes qu'il destinait à Tiên. Il ne regrettait pas de les avoir jetés à la corbeille après son premier retour à Shui parce qu'ils étaient devenus hors de propos. Cependant, il prenait conscience qu'il y avait dans ces brouillons l'essentiel de ce qu'il voulait faire aujourd'hui – détruire l'absence et dire son désir d'un temps disparu en le faisant renaître à travers les mots. Ces textes, il avait le vague espoir de les réécrire à présent avec moins de maladresse, même s'il n'y avait rien d'assuré ; et la clarté de ce paysage et la déchirante douceur du jour lui permettraient de retrouver au fil des images – d'une fleur ou d'un lac – la trace des visages aimés.

XXIII

Château de la Reine-Blanche,
étangs de Commelles

La promenade de Tuân l'avait mené au pied du château de la Reine-Blanche. Il se retourna pour contempler l'étang qui se déployait sous le ciel. L'eau accueillait la voûte des nuages et la couronne des arbres le long des rives où la lumière du printemps brillait d'une passion pure. Le vent dessinait à sa surface des courbes claires semblables à des boucles de lettres s'enchaînant l'une à l'autre ; le vol des oiseaux traçait les signes obscurs d'une phrase à venir. Depuis longtemps, Tuân espérait que sa vie serait dans cette énigme d'écrire. Comme les lignes de la main prédestinent l'existence d'un homme, les replis intimes de son être le conduisaient à l'écriture. De quelle manière, il ne pouvait encore le dire… Mais il savait qu'il ne devait pas manquer le chemin qui se présentait, sinon il y perdrait son âme

– et tout ce qu'il avait vécu jusqu'à présent prenait sens dans cette vocation profonde à laquelle il avait tardé à répondre.

Son cœur ressemblait aux impatientes de Balfour, ces fleurs communes du Valois dont les pétales roses sont couronnés d'un casque blanc renfermant le pollen. Sur les tiges, les fruits ont la finesse de fils de lin, qui s'épaississent à mesure que leurs gousses se gonflent de graines. Lorsque ces gousses arrivent à maturité, un rien suffit pour qu'elles éclatent : le moindre frémissement ou le souffle du vent sur les feuilles. Si l'on s'amuse à les prendre dans la main, elles s'ouvrent vivement entre les doigts pour disséminer des graines noires, enroulées dans les lacets d'un tortillon vert. Comme l'un de ces fruits, le cœur de Tuân s'était gonflé depuis l'enfance, d'épreuve en épreuve, jusqu'à ce jour : en cet après-midi printanier, le soleil sur l'étang, le regard de la petite fille et son sourire qui lui en rappelaient de plus anciens l'avaient fait éclater, libérant des sanglots emprisonnés en secret et la conviction qu'il devait écrire pour essayer de rendre tant de beauté.

Il commencerait un poème avec cette image. Quelques mots lui parvenaient avec leur matière et leur couleur, l'harmonie des sonorités et le jambage des lettres, le rythme ou le choc de leur enchaînement, consonnes contre voyelles, ponctuation, silence, écho, trait, boucle, trace, signe – le tissage du texte et l'humble travail confiant dans la correspondance des mots avec le mystère du monde.

Il était pour lui disséminé dans les reflets de l'eau ou l'aigrette du pissenlit, l'odeur de la forêt ou le souffle du vent, qu'il essaierait de transcrire sur le blanc de la page. Il sourit car c'était un travail sans fin, ouvrant sur une dimension proche du paradis parce que la mort n'y existait plus : le passé pouvait rejoindre le présent, les pivoines de son enfance les jonquilles de l'Oise, et le visage de sa cousine Tiên les traits de la fillette inconnue croisée près de l'étang : l'éphémère beauté des choses pouvait y demeurer toujours.

Il écrirait dans la langue de ce pays où il avait retrouvé le goût de vivre après des temps meurtriers, dans l'éclosion des pousses vertes et des fleurs promises. Il avait si bien appris et aimé le français que cette langue était presque devenue la sienne, il l'espérait du moins, et le travail compenserait peut-être sa faiblesse devant une si grande tâche. Il n'arriverait jamais au bout, mais, s'il pouvait commencer aujourd'hui, ce serait simplement rendre justice à la clarté du printemps. Il commencerait, et tant pis pour ce qui adviendrait. Tout ce qui l'avait bridé à Saigon – la paresse, la peur de l'échec, le vide – ne comptait plus. Il lui fallait seulement essayer de marcher sur le chemin. La sérénité lui était revenue de même que, sur une rivière où l'on a lancé un galet, les ronds formés s'élargissent, jusqu'à disparaître. Les deuils, la guerre et ses tourments avaient ainsi jeté en lui des pierres dures et perçantes, et à présent ces pierres étaient devenues des graines qui ensemenceraient le travail à venir. Elles donneraient naissance à des images qui germeraient dans la fraîcheur des vagues – à des personnages et à des histoires, semblables à de jeunes arbres : on en verrait les branches transpercer la surface de l'eau, tandis que leurs racines plongeraient dans la terre limoneuse.

L'averse s'était soudain remise à tomber. Tuân se réfugia sous un aulne près du château. À ses pieds, les feuilles de l'automne formaient un tapis de dentelles et de déchirures qui verrait bientôt la naissance de nouvelles pousses. Sur l'étang, le reflet des arbres était troublé par mille gouttes qui s'abattaient avec force. Elles jouaient une musique végétale dont le rythme accompagnait le mouvement des oiseaux qui s'y étaient posés et glissaient en laissant derrière eux un sillon argentin. Tout cela formait un tableau vivant d'où il s'élevait une joie qui avait l'odeur fraîche d'un cahier aux pages blanches.

Elle fit revenir à la mémoire de Tuân une sentence latine qu'il avait entendue un jour à l'école – *in aqua scribis* – tu écris sur l'eau. Ce proverbe affirmait que toute écriture était promise à l'échec, car l'homme était condamné à tracer ses mots sur une matière inconstante et insaisissable, vouant son œuvre à la disparition. Cependant, à la réflexion, le sens de cette phrase pouvait-il se déplacer ? En jouant sur la construction absolue du verbe, on entendait : *dans l'eau tu écriras*. Cela signifierait qu'au milieu du flux de l'existence, alors même qu'on se noie dans d'obscurs tourbillons, il y aurait un impératif à l'écriture, car les flots sont aussi chargés du sel fécond où toutes les choses peuvent renaître. Écrire, c'était se baigner dans l'eau morte et l'eau vive où, à travers les ténèbres, se levait un voile mystérieux – et la poésie était le pays où vivaient Ophélie et le cortège des fantômes et des fées qu'il aimait.

La lumière revint sur l'étang ; son miroir limpide lui semblait à présent semblable à un corps de femme qu'il avait envie de prendre avec son corps entier. Lui qui était vierge de toute étreinte sentait naître le désir inextinguible de boire cette eau nue, cette peau miroitante, ces yeux humides, toute la chair vacillante de la nature – de plonger et d'être absorbé dans ce clair printemps – cet air bleu – ces ombres tournoyantes – la tendresse de ces feuilles, brûlé d'une flamme qui consume et ne s'éteint pas. À travers le paysage, il lui était donné de saisir que la poésie résidait dans cette folie amoureuse et cette source de soif – lueur fragile, fleur immortelle, elle le blessait en dedans et au-dehors de lui, fiancée de la terre et de l'eau.

Un appel flûté résonna du château ; un rouge-gorge qui nichait sur une tourelle s'envola, esquissant une courbe légère. Tuân resta devant le lac dans l'ivresse de cet instant. Ce jour s'achèverait et un autre commencerait demain. D'ici quelques heures, le soleil serait au couchant ; il était inondé d'un sentiment aussi pur qu'une prière, transi par cette vision et désemparé devant la tâche à accomplir – dans l'attente de la lumière sanguine du crépuscule où apparaîtraient l'étoile du berger et son fin croissant de lune, comme un glaive levé.

Avait-il
un voile
dans la voix,
une fêlure, une clarté –

À l'ombre
des frangipaniers,
ton âme allait-
elle vers le ciel

Tourterelle gr i se
sur les fleuves aromatiques

Parmi les jonquilles,
et les lierres d'azur

Au cœur
des
pâquerettes

étoilées

Kính tặng Bố Mẹ : Nguyễn Nhuận và Nguyễn Thị Lệ Vân
Và gia đình ở Pháp, Mỹ, Đức và Việt Nam.

Ce livre est dédié à ma famille, à Hoang, Fabienne et Boris.
Toujours à Thomas, Aimé, Armand et Marie.

Merci à Viviane d'être restée l'enfant sur la route éclairée de lucioles.

Du même auteur
aux éditions Viviane Hamy :

L'Ombre douce

Le Livre de Poche s'engage pour
l'environnement en réduisant
l'empreinte carbone de ses livres.
Celle de cet exemplaire est de :
200 g éq. CO_2
Rendez-vous sur
www.livredepoche-durable.fr

PAPIER À BASE DE
FIBRES CERTIFIÉES

Composition réalisée par PCA

Achevé d'imprimer en France par
CPI BRODARD & TAUPIN (72200 La Flèche)
en avril 2019
N° d'impression : 3033653
Dépôt légal 1re publication : mai 2019
LIBRAIRIE GÉNÉRALE FRANÇAISE
21, rue du Montparnasse – 75298 Paris Cedex 06

15/8397/8